リモート授業になったら クラス1の美少女と 同居することになった 2

When I got to remote class, I had to move in with the most beautiful girl in my class.

When I got to remote class, I had to move in with the most beautiful girl in my class.

sennya mihagi
三萩せんや
ill.さとうぽて

臆病な俺を誘うように
星川はそっとささやいた。
「同棲してること、
バラしちゃう?」

吉《よし》野《の》叶《かな》多《た》
インターホンに出たら
小学生に怯えられた（何故）

星《ほし》川《かわ》真《ま》悠《ゆ》
お姉ちゃんの家に行ったら
よしのかなたが出てきた
（通報しなきゃ）

「えっと、お邪魔します」

星川と同じベッドで寝るのは、
初めてだった。
だから――ここから俺が
体験することは
初めてだらけだ。

CONTENTS

前巻までのあらすじ 003
［プロローグ］ 006
遥の非公開ダイアリー① 031
第一話……延長した生活と次なる変化 037
遥の非公開ダイアリー② 081
第二話……近くの妹と遠くの親 089
遥の非公開ダイアリー③ 134
第三話……三人での同居とそれぞれの授業 140
遥の非公開ダイアリー④ 179
第四話……背徳感の行方と仲直りの仕方 193
遥の非公開ダイアリー⑤ 255
第五話……これまでの終わりと新たな始まり 259
［エピローグ］ 296

リモート授業になったら
クラス1の美少女と
同居することになった2

三萩せんや

GA文庫

カバー・口絵　本文イラスト
さとうぽて

前巻までのあらすじ

とあるウイルスの流行《りゅうこう》により、緊急事態宣言が発令された日本。

つい先日、高二になったばかりの俺《おれ》・吉野叶多《よしのかなた》は、住居を失っていた。

住んでいた高校の寮がクラスター発生により閉鎖。

帰ろうとした実家からは、まさかの帰宅拒否。

そんなわけで、夜の公園にて野宿を決め込んでいたのだが――


そこで、クラス一の美少女・星川遥《ほしかわはるか》に遭遇する。


学年首席の超優等生。

旧家の出らしい――というか実家が大病院を経営しているお嬢様。

クラス内の女子しか認識できていない俺が『クラス一』と思っているだけで、それはあまりにも過小評価なのではないかと感じるほどの整った顔に、魅惑的すぎる容姿。あと、声も

When I got to
remote class,
I had to move in with
the most beautiful girl
in my class.

かわいい。
淑《しと》やかな品のある佇《たたず》まいで、モテエピソードは数えきれず。
そんな、俺と同じ人間とは思えないクラスメイトだ。

その星川が夜の公園で……あろうことか自宅に公園のＷ《ワ》ｉ《イ》‐Ｆ《ファ》ｉ《イ》を捕まえて、持ち帰ろうとしていたのだ。

無茶である。
二重の意味で、電波である。

そんなビックリするレベルで機械音痴《おんち》の星川に頼まれ、俺は彼女の住む高級マンションにお邪魔《じゃま》することに。星川はなぜか家電からエレベーターまでまともに使えず、俺に「いろいろ教えて欲しいな」と頼んできた。
そうして俺は、星川宅に同居させてもらえることになったのだ。

しかし……この星川の機械音痴は、〝ただのフリ〟。
当たり前である。

学年首席が電子レンジまで使えないわけがないのだ。

星川は、リモート授業の最中から、授業のあとまで、機械音痴のフリをしながら、なぜか俺を誘うような行為を繰り返す。スカートを捲《まく》って太ももを見せつけてきたり……風呂《ふろ》に突入してきたりもした。

マスク越しにキスをしたりも……

……これは本当の話だ。決して、俺が見てしまった夢ではない。

そんな夢のような同居生活は、星川が体調を崩してしまったり、なぜか俺を蛇蝎《だかつ》の如《ごと》く嫌う星川の親友・日坂菜月《ひさかなつき》にバレたりしながらも、初めての緊急事態宣言が解除される日まで続いた。

しかし、ウイルスの流行状況から、その解除が行われず延長されることに。

俺たちの同居生活も続くことになった。

それが先月の終わり——五月下旬のことである。

プロローグ

When I got to
remote class,
I had to move in with
the most beautiful girl
in my class.

新しい生活、これまでにない状況。
そういうものに慣れるまでには、普通、どれくらい時間がかかるものなのだろう。

外出する時にマスクを付けること。
手洗いうがいを徹底すること。
人と人との距離に気をつけること。

件《くだん》のウイルスが流行《はや》り始めて、まだ数ヶ月。
何となく自分が、そういうことにも慣れ始めている気がしている。

とはいえ、俺《おれ》は自分について、わりと変化を受け入れるタイプの人間だと思っている。
周囲や自分に変化があっても、何となく納得することが多い。これまでの人生もそうだったし。

たとえば、不幸にも事故に遭《あ》って怪我《けが》をした時。

たとえば、自分の意図とは無関係に誰《だれ》かに嫌われてしまった時。

たとえば、遠足や旅行で移動の際、自分だけが忘れられて取り残された時。


……まあ、そういうこともあるかな、と思う。


想像できることは、起きうる可能性があること。

だから、ネガティブな出来事が起きても、それによる感情の起伏は少ないほうだ、と思う。

親や友人、学校の教師など、周囲の人間からも指摘されてきた。もっと怒っていいのに、もっと嘆《なげ》いていいのに、と。


けれど、身構えていたほうが結果的に楽なのだ。

ポジティブな結果を期待していると、肩透かしだった時に落差で傷つく。

期待が大きければ大きいほど、落下した時のダメージも大きくなる。何の受け身も取らずに顔面から地面に激突するなど、想像するだけで痛い。

だから、俺は期待していなかったのだ。

自分にとって幸福な流れを期待しないようにしていた。

そう。星川《ほしかわ》とのこの同居生活が、まだ続くなんてことは……。

⬅

ふわふわの布団《ふとん》に包まれたまま目が覚める。

気持ちのいい朝が今日もやって来た。

思わず確かめてしまう。

どうやら夢ではないようだ、と。

寝起きというのはダルいものだと思っていたのだが、ベッドの質でだいぶ変わるらしい。

あくびを噛《か》み殺《ころ》しながらもベッドから早々に抜け出した俺は、用を足したあと洗面所へと向かう。

「あ。吉野《よしの》くん、おはよう」

天使——じゃない。
星川がいた。

彼女はちょうど顔を洗っていたらしい。

さらさらの前髪を上げ、濡《ぬ》れた頬《ほお》をタオルで押さえて水気を取っている。

前髪がないだけで、その目鼻立ちがいつもよりはっきり見える。

ぱっちりとした瞳《ひとみ》の大きな目、長いまつ毛、整った鼻筋、どこか控えめな桜色の唇。


そして……露《あら》わになっている、白いおでこ。


一瞬ドキッとしてしまった。

普段見えない部分が見えると、それだけで変に意識してしまうのは、どうも俺の悪い癖《くせ》らしい。最近になって分かったことである。凝視して、時が止まってしまうのだ。

星川のおでこ然《しか》り、マスクの下の口元然り——


——目の前の、星川の寝起きパジャマ姿然り。

彼女の身体のラインを隠すにはあまりにも薄すぎる布。

その布も、彼女の肌を覆《おお》うにはあまりにも面積が足りない。

爽《さわ》やかな朝には刺激が強すぎる彼女の胸元《むなもと》から発される圧と、ショートパンツから覗《のぞ》く太ももの輝くような肌の眩しさが、俺の時間を止めてしまう——


「吉野くん？　おはよう？」

「っ……、お、おはよう」


星川が不思議そうに顔を覗き込んできたので、俺は慌てて挨拶《あいさつ》を返した。


ああ……もう何度も見たはずなのに、まったく慣れない。

星川に不思議がられるのも、もう毎朝のことだ。

目が釘付けになってしまうのは無意識のことなので非常に申し訳ないのだが、気持ち悪がられてはいないようで、それが分かるたびに安心する。朝から彼女に不快な思いをさせたくはない。

「ごめん、またタイミング被っちゃったね」

「いや、俺こそ間が悪くて……」

「私はちょうどよかったけど」

「え」

「あっ、ううん！　ええと、私まだ寝ぼけてるのかな。変なこと言っちゃった。こっち、どうぞ？」

「あ、はい……お邪魔します」


星川が洗面所の奥へ身体をずらしてくれたので、俺は彼女に隣り合う形で洗面所に立つ。

彼女が隣で肌を整えている間に、俺も顔を洗う。

女子が洗顔後にすることは多いようだ。

俺が何もしなさすぎるだけかもしれない。

化粧水？　乳液？　星川が顔に何を塗っているのか、よく分からない。スキンケアというのだろうか。やることが多くて大変そうだ。

気づけば、先行していた星川に俺が追いついて、一緒に歯を磨く形になっている。

星川の家は基本的に広いが、ここは洗面所だ。二人で使うようにはできていない。
そのため、二人で同時に使うと、必然的に身体を寄せ合うことになる。
鏡を見ていると、自分たちがどれほど密着しているか分かってしまう。
一人分の空間に、二人。当たり前に、近い。
自分の歯を磨いているのに、油断するとすぐに星川に目がいく。
だから、鏡越しに目が合ってしまうことがある——こんな風に。

「……ふふっ」

俺と目が合った星川は、鏡の中でにっこりしたあと、先に口をすすいだ。
口元を拭くタオルの隙間《すきま》から見える彼女の桜の花びらのような唇は、水気でしっとりしていて、思わずまじまじと見てしまう。

——瞬間、思い出してしまった。
つい先日、星川にマスク越しのキスをされたことを。
湧《わ》き上がりそうになる煩悩《ぼんのう》を吹き飛ばそうと、俺は自分の歯磨きに集中する。

そうして余計な感情ごと洗い流すように口をすすいだ時だった。


「あ。吉野くん、ついてるよ」

「え？」

「ほら、そこ」

星川が自身の口元を指差すので、俺は反射的に鏡を見た。

と、確かに口の端に歯磨き粉の泡が残っている。


「あ、本当だ――」


それを拭き取ろうとした瞬間だった。

口元にタオルが押し当てられる。


「んー……これでよし。取れたよ」

「あ………ありがとう……」

「じゃあ、ご飯用意して待ってるね」

言って、星川は先に洗面所から出ていった。

一人になった俺は、今しがた星川が脱衣カゴに入れたタオルに目をやる。

俺の口元を拭ったタオル——それまで星川が使っていたタオルだ。

……間接キスのようになってはいなかっただろうか。

爽《さわ》やかで気持ちのいい朝に、そう考えてしまう自分がちょっと気持ち悪くて申し訳なかった。

⬅

洗面所から出たあと、キッチンへ向かう。

星川が料理の下準備をしてくれている。

今日の朝食は……食材を見るに、オムレツとウインナーにサラダ。あとはスープに、主食はパンか。ちなみにパンは、先週末の休日に星川と一緒に焼いて保存しておいたものだ。

何となく、この距離で星川を見ていると、心がほっこりする。

安心感のような、多幸感のような、優しい感情になるのだ。

同時に、ちょっとやましい願望も湧いてくる。

……後ろから彼女を抱きしめたい。


「あ。吉野くん、いいところに」

「へっ?」

「ごめんね、〝また〟お願いしていい?」

「あ――ああ、もちろん」


一瞬、考えていたことがバレたのかと焦《あせ》ったが、違ったようだ。

星川に請《こ》われて、俺もキッチンの中へ。

彼女の背後に――密着するように――立ち、加熱機器の操作をする。

多機能なＩＨクッキングヒーターの操作は、未《いま》だに星川の手に余る……ということになっているようだ。

結果的に、俺のやましい願望が叶《かな》っているような形になっている。

だからこそ、意識しないようにする。平常心、平常心……

「吉野くん、強火で」

「ああ」

「ありがとう…………あ、中火にして？」

「はいよ」


鼻先をくすぐる、オムレツが焼けてゆく香ばしい匂《にお》い。

そして、不意に感じる星川の髪の匂い。

最近の俺はこんな風に、星川の背後に貼《は》りつくような形で調理の補助に入るようになった。

傍《かたわ》らから教えるよりも効率がいいのではないか——と星川が提案したことによる。

確かに調理の効率は良くなった。

だが、俺の心臓には悪かった。


「吉野くん、できたよ♡」


オムレツと焼いたウインナーを皿に載せてから、肩越しに星川が振り返る。

必然的に、背後から覗き込んでいた俺の目前に彼女の顔が現れる。

至近距離で、パチッと彼女と目が合う。

「うわっ、あっ、えっと……ご、ごめん！」


みっともなく声を上げて飛び退いてから、俺は慌てて星川に謝罪した。

しかし、星川は気にしていないようで、キョトンとした顔を俺に向けている。


「え？　別に、吉野くん謝るようなことしてないよね？」

「それは、そう……なんだけど」

「？　変な吉野くん。はい、これ、お願いします」


くす、と微笑んで、星川は皿を俺に手渡した。


リビングに料理を運び終えたあと、二人で朝食をとる。

星川と向かい合って食べる彼女の手料理は、和食だろうと洋食だろうと何だっておいしい。

本日の朝食も、ホテルなんかで出てくるような料理だった。

作っているところを見ていなかったら手料理かと疑っていたかもしれない完成度だ。感動からか、並んだ料理がピカピカと輝きを放っているようにすら見える。

そして、非常に俺好みの味である。

そうそう……この半熟《はんじゅく》具合がいいんだよな。

星川と俺、食の好みが同じなのかな。味付けとかの好みを伝えたことないはずなんだけど。


「おいしい？」

「おいしい以外の感想が出てこない」

「ふふっ、そっか……それなら嬉《うれ》しいな」


本当に天使か女神みたいだな、と彼女を見てぼんやり考えてしまう。


二人きりの、穏《おだ》やかで幸せな空気の中、朝食を食べたら、制服に着替えて授業に向かう。

オンラインで繋《つな》がる画面の中の、リモート授業に。


そして俺と星川は、今日も画面の外で、隣り合って出席している。

画面の中に映る教師は、このリモート形式が始まった一ヶ月半前よりもずいぶん慣れた様

子で授業を進めている。

当初は授業の変化に緊張気味だったクラスも、今では居眠りをしているやつが現れ始めていた。画面越しなので教師も肩を叩《たた》いたりして起こすことができず、授業が終わるまで寝続けていた猛者《もさ》もいる。


この生活に、みんな慣れ始めているのだ。

教師も、生徒も……きっと学校以外の場所でも、ちょっとずつ慣れてきている。

かくいう俺だって――


スリ……、と足元に感じる星川の気配。


テーブルの下で、星川の脚が――純白のソックスに包まれた脚が、俺の脚に当たっている。

……否、きっと彼女はわざと当てているのだろう。

スリ……スリリ……と星川が身じろぎするたびに、制服のズボン越しに微《かす》かな振動が走る。

気のせいだろうか、と一応チラリと隣を見れば、星川は素知らぬ顔でパソコンの画面を見ていた。

どうやら、しっかりと授業に集中しているらしい。

この互いの脚が接触しているのも、彼女は気づいていないようだ。

……と思わせておいて、よく見れば違うことが分かる。


もう一度、星川を見る。

彼女の長いまつ毛が、しぱしぱ、と瞬《またた》いている。忙《せわ》しない。

よく見ると、うっすらと頬《ほお》が紅潮していた。

落ち着かないのか、唇にも力が入っているようだ。あと、肩もガチガチに見える。授業に集中しているようには見えない。

星川とこういう時間を何度も過ごしているうちに、俺は気づいた。

彼女は、嘘《うそ》や誤魔化《ごまか》しが致命的に下手らしい。本人は気づいていないかもしれないが、顔や態度に出ているのだ。


どうしたものか……ちょっとした嗜虐心《しぎゃくしん》が湧いてしまう。

普段見えない部分が見えるとドキッとしてしまうのと同じく、これも最近分かった俺の悪い癖だ。

星川が必死でフリに徹しようとしていると、この状態を崩してみたくなってしまう。
というわけで、俺は星川が接触してきている脚を自分から動かしてしまった。

「っ……」

ビクッと震えた星川が、押し殺したような声を呑《の》み込《こ》んだ。
その様子を横目に、俺は素知らぬ顔でパソコン画面を見つめる。
そう、俺だってやられっぱなしではないのだ。
星川の機械音痴のフリや、誘うような謎《なぞ》の行為にだって、俺ももうすっかり慣れて――

「～～～～っ」

星川が声を押し殺して堪えている。
俺は慌てて星川と密着していた脚と脚の間に隙間を作った。

――いやいやいや。こんなの、慣れるわけない。

星川との生活にも、この星川と一緒に受けるリモート授業にも、星川の機械音痴のフリに対処することにも——それは少し慣れたかもしれないが——誘ってくるような彼女の謎の行為に慣れるわけもなく、あまつさえ星川にこちらからやり返すとか、ちょっと調子に乗りましたごめんなさい。


「……——くん…………吉野くんっ」

「はいっ！　……って、びっくりした、なんだー……」

『びっくりさせて、すみません。吉野くん、この問題を答えてもらえますか？』

「いっ？」


なんだ星川かぁ、と言いかけていた俺は血の気が引いた。

星川に反撃して受けた反射ダメージのせいで、授業中に当てられていたことに気づかなかったらしい。

アホである。

星川のことで頭いっぱいかよ……いや、たぶんいっぱいだったんだけど。

前は先生だと思ったら星川だったのでよかったのだが、今回は逆パターン。最悪だ。

『何かありましたか?』

「す、すみません。えーと、ちょっとネット回線の調子が悪かったみたいで、授業の音が聞こえなくなってたみたいで」

『ああ、なるほど、そうだったんですね。では問題を復唱しますね』

「は、はい。お願いします」

『これを英語で何と言いますか?』


担任が画面に映し出された文章を示すように言った。

画面には〝明日、私の家に妹が泊まりに来ます〟と書いてある。これを英訳せよということらしい。


「えーと……The sister come to stay at my house tomorrow……?」

『んー、惜しいですね。予定の話なので、ここはwillを使いましょう。次に、自分の妹ならば冠詞はThe ではなくMyにしたほうがいいですね。また、厳密に妹とするなら、younger sister 等として――』


とりあえず、セーフだったようだ。ホッとした。

中学レベルの英語でも難解なほど、俺は英語が苦手なのだ。小さなミスは、まあ仕方がないだろう。

自分の妹という概念が俺にはないのだ。妹とか、いないからな。

「……吉野くん、そういえば一人っ子だっけ」

星川が、マイクが拾えないくらいの声で尋ねてくる。

「あー、うん。そうだけど……話したっけ?」

「えっ……あぁーえーとぉー……か、風の噂的な?」

俺の家庭事情、噂になるほど面白《おもしろ》くもなんともないと思うんだけど。

でもまあ、そう。俺は一人っ子なのだ。

なので、上も下も兄弟姉妹はいない。吉野家の大事な一人息子である。

だというのに、実家から帰宅拒否されてるわけなんだけど……不思議だよな。もう長男だからとか一人っ子だからとかで大事にされるような時代じゃないってことなのかな。

……いや、男女順番関係なしに子どもは大事にしろよ。

「そういえば、星川って兄弟いるの？」

「妹がいるよ。年はちょっと離れてるんだけど」

「へえ……いいな、妹とか」

「そっか……いいな、妹……」

「え？　今、妹いるって言ったよな？」

「あ、えっと、繰り返しちゃったみたい」


なんでだろうね、と星川が苦笑する。

そういう表情すらかわいい。

なんでだろうね。星川だからかな。たぶんそうだ。世界中のかわいいをここにギュッと集めて成形した、それが星川なのだろう。

まあ、言われた難解な言葉を呑み込むために繰り返してみることが、俺にもある。

だから星川もそうなのかもしれないと思った。

今のが呑み込めないほど難解な言葉だったかというと微妙だが、授業中なので意識が散漫になっての結果かもしれない。というか、授業のほうに集中すべきなんだが。

「しかし危なかったな……悪い」

「え？　何が？」

「気をつけてるつもりだったんだけど、さっきの、うっかり星川の名前を出しそうになってたからさ……」

「私は、バレてもいいけど」


小さな声で、目元に微笑みを湛《たた》えて――瞳を妖《あや》しげに輝かせて――星川が、本気か冗談か分からないことを言った。

こういう時、俺は正直困ってしまう。

冗談だとは思って身構えていても、いざ「冗談だよ」なんて言われると傷ついてしまうだろうから。

自分が非常に面倒くさい人間だという自覚はある。

だから、自ら傷つきにいかないように、確かめるような真似はしないのだ。俺は、そういう……臆病な人間だから。

「でも俺、なんで当てられたんだろう？」

「？　授業中に当てられるのって、普通のことじゃない？」

「いや……俺、一年の間はほとんど当てられなかったから」

「ああ、そうだったよね」

「え、星川も知ってたのか？」

「あー、えっと、吉野くんが授業中に答えてるところ、確かにあんまり見たことなかったかもなぁって」


星川が目をきょときょとさせながら言った。

……何かやましいことでもあるのだろうか？

何か誤魔化《ごまか》すような彼女の表情から一瞬そう感じたが、やましいことがあったのは俺のほうなので疑問は心にしまっておいた。

そう、星川の脚に自分の脚を当てるとか……俺は調子に乗っていたと思う。

先ほどの行為については、非常に反省している。そして反省するくらいならやるなと言いたい。もちろん自分に対してだ。

「吉野くん、確かにリモート授業になってからは結構当てられてるよね……あっ、ほら、これは私が同じ空間にいるから嫌でも気づくっていうか！」

「なるほど……そうだよな。気づくか、嫌でも」

「好きだし」

「え」

「あっ、『嫌でも』ってところに引っかかってたみたいだったから、嫌じゃないよって言いたくて」

「あ、ああ、なるほどな」

び、ビックリした。急に告白されたかと思った。

でも、それはない。

……星川が俺に告白するとか、あり得ないだろ。

「俺が当てられるようなシステムに変わったのかな」

「あー、それはそうかも。画面に映ってる順とかで満遍《まんべん》なく当てていく感じにしたとかかな?」

「それはありそうだ」

星川の言葉に、俺は思わず納得する。

なるほど。授業の受講形式が変わっただけじゃなく、先生たちもこの形式に合わせてやり方を変えてきてるんだな。
……名前を『接続中』とかに変えておいたら、当てられなくなったりしないだろうか。
さすがにバレるだろうし、バレた時が怖いのでやらないが。

そんな風にコソコソと内緒話をしながらが、最近の俺たちの授業風景だった。

異常な日常が、いつもの日常になる。
そうなったところで、以前までの日常が返ってくるかは分からない。
それでも、生徒も先生も……俺たちも。
前に進もうとしているのだ。
変わってしまった日常に、少しずつ慣れながら。

ただし、この時の俺はまだ考えもしなかった。
俺を取り巻く日常の変化が、これで終わりではないということを。

星川と俺が二人きりで暮らすマンション。
そこに突然の来訪者がやって来たのは、翌日のことだった。

遥の非公開ダイアリー①

緊急事態宣言が延長して、吉野《よしの》くんとの同居生活も延長になった。

宣言の延長は一ヶ月……六月末を目途《めど》に行われるという。

専門家が可能だと判断すれば、それより早く解除されるらしい。

父や母を始め、事態を収束させようと頑張っている医療関係の人たち。

流行状況に振り回される、大変な世の中。経済。社会。

会社に通えない会社員の人たち。

学校に通えない、私たち学生。

そういう諸々に対して申し訳ない気持ちを抱きつつ……私は、不謹慎《ふきんしん》にも嬉《うれ》しかった。

事態が早く収束するに越したことはない。

When I got to
remote class,
I had to move in with
the most beautiful girl
in my class.

それでも、吉野くんとの——大好きな人との同居生活は、終わらせたくなかった。

一時は自分が例のウイルスにかかってしまったのかも……そう思って、すごく怖かった。

自分がかかっていたら、同じ空間で生活していた吉野くんだってかかっている。

私からうつしていたらどうしよう、私のせいで吉野くんまで……そんな風に不安と自己嫌悪でおかしくなりそうだった。

でも、熱でうなされて、ぼんやりした視界に、吉野くんがいた。

それだけでホッとしたの。

だから一緒にいて欲しかった。

ごめんね、吉野くんだって怖かったはずなのに……

でも、菜月《なつき》から聞いた。

私のために病院を探そうとしてくれたって。

得体の知れない謎《なぞ》のウイルスが蔓延《はびこ》っている外を走り回って、私に気を遣って野宿までしてくれてたって。

そんな自己を犠牲にしてまで向けてくれた優しさに、私はすごく感激した。
吉野くんを改めてカッコいいって思った。

そんな彼と、まだ一緒に暮らせる……それが、私には嬉しい。

周囲からは、自分勝手だって罵《ののし》られるかもしれない。
でも、一度きりの自分の人生だもの。
〝今〟という時間だって、たった一度きり。
私たちのこの高校生活は、今が最初で最後……やり直しなんてきかない。

それなら、楽しく過ごしたっていいじゃない。

やることをキチンとやって、細かく定められた社会のルールも守って、マスクを付けて、うがい手洗い消毒を徹底して、三密を回避して――そこまでした上でなお自分の願望すら手放せと言われたなら……私だって、さすがに反発してしまう。

それが、尊敬する両親だって同じだ。

――『実家に戻ってきたら？』

母からそう言われたのは、検査入院が終わったあとのことだった。ウイルスではないが細菌に感染してしまった私を、両親は心配したのだ。

とはいえ、両親たちも煮え切らない様子だった。

両親は、発熱患者も診ている医師だ。そして患者が発熱しているということは、例のウイルスに感染している可能性があるということ。

免疫力が落ちている私に、自分たちがいわゆるキャリアとなって感染させることを両親は懸念《けねん》しているようだった。

私にだけではない。

実家で暮らしている六つ年下の妹――小学四年生になる真悠《まゆ》にすら、うつしてしまわないか心配しているらしい。

両親がそう考えるのも、仕方のないことだと思う。

なにせ、件《くだん》のウイルスについては、飛沫《ひまつ》感染か空気感染か……どういう経路で感染するのか、まだ完全には明らかになっていないというのだから。

だから、むしろ実家じゃないほうが安全かもしれない、と両親は迷っているようだった。

そんな風に両親が迷っているのをいいことに、私は実家に戻るという選択を退《しりぞ》けた。

一人でいたほうが、きっと安全だろうから、と。

……本当は、一人じゃないのに。


悪い娘だと思う。

家族にも、先生にも、菜月を除くクラスのみんなにも黙って、心配する人たちを誤魔化《ごまか》しながら、私は吉野くんと暮らすことを選んだのだから。


だから、不意に考えてしまうのだ。

もういっそ、バラしてしまったほうがいいのではないだろうか、と。

周囲に対しても、吉野くんに対しても、そのほうが誠実なのではないだろうか、と……

……でも、それは、私の願望。
吉野くんと私の関係をみんなに知って欲しい。
吉野くんの一番近くにいるのは私なんだよって、知らせたい。
あさましい、欲望なんだ。

けれど、もしそうした時――私の顕示欲《けんじよく》を満たした時。
吉野くんは、一体、どう思うのだろう？
私たちのこの生活は、関係は、変わらずに続くのだろうか？

この危うい世界の中で生まれた、それでも幸せな新しい日常。
……それが変わってしまうことが、今の私には怖い。
だから祈ってしまうのだ。

どうか明日からも、吉野くんと過ごす時間が変わらずに続きますように……と。

第一話　延長した生活と次なる変化

When I got to
remote class,
I had to move in with
the most beautiful girl
in my class.

五月もいよいよ終わろうという頃。
先週一度涼しくなったものの、今週に入ってから気温が再び上昇した。
本日、週末の土曜は、今週で最も気温が高い日だった。
同時に、前日夜は十度近く、気温差が激しかった。

「暑いな……」

朝起きて、珍しく不快感があった。
どうやら寝汗をかいていたらしい。
スマホの時計を見れば、現在、朝の十時。
夜の間は肌寒かったのだが、日が昇って気温が急に上がったらしい。

星川《ほしかわ》のマンションは、ちょっとやそっとの気温差ではその内部環境が悪化したりしない。断熱性能が高く、気密性の高い部屋。そして、最新鋭のエアコンは外気の急激な変化でも緩和《かんわ》する。

つまり基本的には全室快適なのだ。

しかし、その設備をもってしても、強い日差しの影響を完全にシャットアウトはできないらしい。

特に、この部屋は日当たりがいい。

朝日が昇って数時間。夏の気配《けはい》が強い太陽光の照射により、その輻射熱《ふくしゃねつ》が室内に伝わり、暑いと感じる状態になってしまったようだった。そこまで不快というわけでもないのだが、普段が〝超快適〟なので、身体がその状態を求めてしまうらしい。

とはいえ、エアコンの設定温度を変えれば済む話である。

昨晩と今の外気温の差は、十度以上。三度ほど設定を下げておけばよさそうだ。

ひとまず寝汗でべたついた顔を洗おうと思った。

ぼんやりした頭で、脱衣所の扉を開ける。

俺《おれ》はいつもどおり自動的に歯を磨《みが》き、冷たい水で顔を洗った。ふかふかのタオルで顔を拭き、サッパリし……

「……あれ？」


徐々に頭がハッキリしてきた。

どういうわけか、シャワーの水音が聞こえる。

しかし、俺はもう水を使っていない。目の前のシャワーヘッドからは、水滴のひとつも落ちていない。


俺は音のほうへ顔を向けた。

そちらは浴室だ。

曇りガラスの奥に、薄っすらと人影が見える。

中からシャワーの水音が聞こえる。

誰《だれ》がシャワーを浴びているかなんて、考えるまでもないことだ。

このマンションの一室……俺でなければ、星川しかいない。

浴室の扉の前を見れば、着替えが置いてあった。

明らかに星川の服である。


星川がシャワーを浴びているのだ。


認識した瞬間、俺は音を立てないように、そっと脱衣所を後にした。

驚かせないようにと配慮《はいりょ》したつもりだった。だが、逆に覗《のぞ》きのような挙動になってしまった気もする。むしろ堂々と謝って出てきたほうがよかっただろうか。いやしかし……

そんな風に、ぐるぐると悩みながら、キッチンへ向かった。


落ち着こうと思ったのだ。

ついでに、地味な暑さにより喉《のど》も渇《かわ》いていた。

キッチンに設置してあるウォーターサーバーから冷えた水をグラスに注《そそ》いで飲む。

寮の食堂にも冷水器はあったが、この中身は冷やしただけの水道水ではない。自然豊かな名水地から採水した、おいしい水だ。


「はあ……うま……」

ただの水と侮《あなど》るなかれ。身体《からだ》の細胞に染みる。

冷たい水のおかげで、頭も冷静になった。

星川が風呂《ふろ》から出てきたら、気づかずに入ってしまったことを謝ろう。それでいいはずだ。

そう問題が一つ解決したその時。


ピンポーン、と呼び鈴《りん》が鳴った。

「あれ、何だろう。宅配便とかかかな？」


何かが届く予定がある時、星川は事前に教えてくれている。

俺に届くものは特にない。親にも現住所を教えていないからだ。

親不孝と思われるかもしれないが、訊《き》かれていないので別にいいかなと思っている。むしろ帰宅拒否した時点で、親のほうが子不幸ではないだろうか。

仕方がないかと思ってはいるのだが、俺は結構、根に持つほうらしい。

来訪者について頭を捻《ひね》りつつ、ひとまずインターホンに向かうことにした。

ちょうどキッチンの近くの壁に設置されているので、すぐに画面を確かめることができた。

できた、のだが……

インターホンの画面に映る顔に、俺は混乱した。

星川だ。

いや、星川にしては幼い。

中学生……いや、もっと幼い。制服らしきセーラー服は着ているが、小学生くらいの星川とでもいう感じだろうか。ミニ星川だ。

しかも、なぜか背景がエントランスのそれではない。

すでにこの部屋の入り口——玄関前にいる。

と、俺の指からピッと音がした。

……しまった。

居留守という選択もできたはずだというのに、混乱のままインターホンにかけていた指で通話ボタンを押してしまった。

『お姉ちゃん、真悠《まゆ》です』

「え」

混乱からの驚きで、思わず声を出してしまった。
お姉ちゃん……てことは、星川の妹？
確かにそれならこの縮尺だけ変えたような瓜二《うりふた》つの容姿にも納得だが……

『今の声……誰ですか？』

ミニ星川が怪訝《けげん》な顔になった。
やばい。思わず零《こぼ》れた先ほどの俺の声、しっかり相手に聞こえてしまっていたらしい。
星川は、俺と同居していることを家族に話していないはずだ。
それは恐らく妹にもだろう。聞き覚えがないとはいえ、男の声に対するこの反応からもそう推察できる。

つまり、ここで俺が妹らしき彼女を出迎えるのはまずいのではないだろうか。

……いや、普通に考えてまずいだろう。

肝心《かんじん》の星川はいまシャワータイムだ。

どうする、無視するか……星川を呼んだら…… いや、慌てた星川が全裸で浴室から飛び出してきてしまう可能性がある。しかし、この状況では……待て、そうだ！ 星川が出てきても俺が目をつぶって見なければ――

『……お姉ちゃんは？ 答えてください。それとも……答えられませんか？』

震える声でミニ星川が言う。

まずい。どうやら何か勘違いをしているようだ。

インターホンに出るはずの姉が出ずに、知らない男が出た。

犯罪か何かの気配を感じてしまったのかもしれない……うん。俺でもそう感じることだろう。

『お姉ちゃん以外の人が、そこにいるのは分かってるんですっ！ こ、答えないのなら

『――』


答えずにいる俺に、ミニ星川は痺《しび》れを切らしたようだ。

ポケットに手を入れた彼女は、スマホを取り出した。


『警察を呼びますっ……』


あ。まずいぞ、この展開。

血の気が引いている俺の心境などつゆ知らず、さらに彼女はもう片方の手でスマホよりさらに小型のかわいらしい機器を取り出す。

彼女はそれを印籠《いんろう》のようにインターホンに翳《かざ》して宣言した。

『もしくは防犯ブザーを鳴らします！』

「いっ……ま、待って！　俺、吉野叶多《よしのかなた》って言います！」

慌てて答える。

小学生と防犯ブザーの組み合わせはまずい。

ほぼ勝ち目がないし、もし勝てたとしても受けるだろう社会的ダメージは甚大《じんだい》だ。

しかし、名乗ったものの、ミニ星川の硬化した態度は変わらなかった。


『よしのかなた……誰ですか？』


……まあ、そういう反応になるよね。

結局知らない男だもんね。怪訝な表情のままだよね。

スマホと防犯ブザーを手にしたまま、インターホンの画面越しに俺を睨《にら》み、彼女は質問を投げかけてきた。


『よしのかなたは、なんでお姉ちゃんの部屋に？　お姉ちゃんは？』

「ええとですね、星川は今、風呂に入ってて」

『あなた嘘《うそ》をついてますね！』

「へ？」

画面の中の小さな美少女が、声を荒らげた。

か弱そうな肩を怒らせて、画面越しに俺を睨んでくる。

『お姉ちゃんは男の人がいる部屋でお風呂になんて入りません』

「え――――ええっ？」


入ってますけど⁉

普通に、現在進行形で入ってますけど⁉


『ですから、あなたは嘘をついています。やっぱり警察――』

「待って！　落ち着いて！　ストップ！」

『待ちません。言い訳は署でお願いします！』

「どこで覚えたんだそんな台詞⁉」


ここで騒いでも埒《らち》があかない。

俺は慌てて玄関へダッシュ、勢いのまま扉を開けた。

そこには、小さな美少女が立っていた。

画面越しでも思ったが、星川によく似た――しかし縮尺を縮めたような、セーラー服を着たミニ星川である。

かわいい。だが星川と致命的に違う。俺を見て怯《おび》えているのだ。


「よ、よしのかなた⁉」

「そうです俺が吉野叶多です！」

「ぼ、防犯ブザー――」

「それは待って、星川にも迷惑がかかるから！」


ピタッ、と。

苦し紛れに発した俺の懇願《こんがん》に、防犯ブザーを鳴らそうとしていたミニ星川が動きを止めた。

助かった……しかし、まだ予断を許さない状況である。

頭を回せ――寝起きだけど――言葉を選べ、俺……

「その……何だか誤解しているみたいだね？」

「……誤解、ですか？」

「う、うん。俺は、怪しい者じゃなくて」

「怪しい人は、自分ではそう言うんですよ」

　確かに彼女の言うとおりだ。

　俺は寝ぼけてんのか。もっとまともな言葉を選べよ……

「……そうだね。怪しいかどうかは君が決めることだった。俺は星川――君のお姉さんの、遥《はるか》さんの友達です」

　そう笑顔で言うと、ミニ星川が怪しいものを見る目になった。

　……俺の笑顔が胡散《うさん》くさいのかもしれない。

　彼女の目には、もしかしたら頬《ほお》を引きつらせたヤバいやつに映っているかもしれない。

「だから、中に入って、星川が本当に風呂にいるのを見てもらえれば――」

「は、入るわけないじゃないですか！　お姉ちゃんが無事かも分からないのに、そんな危ない真似できません！」

ええ、その通りです。

なんてしっかりした子なんだろう。感心してしまう。

さすが星川の妹……いや、俺を泊めている時点で星川はちょっと違うか……


「で、でもね、ここで騒ぐとご近所さんにも迷惑だから……」

「だから中に入れって言うんですか！　口封じでもするつもりですね。嫌です、絶対に嫌。助けておまわりさん――」


ああ終わった、と思った瞬間だった。

ミニ星川が、俺の背後を見て目を見開く。

「聞き覚えのある声だと思ったら、やっぱり真悠じゃない」


声に振り返ると、星川だった。

いつも風呂上がりは乾かして出てくる髪が、しっとりと濡《ぬ》れたままだ。玄関で揉《も》めている声が聞こえたので、急いで様子を見にきたのだろう。

「お、お姉ちゃん！　よかった、無事で！」

「無事というか、何もなかったんだけど……真悠、なんでここに？　特に連絡とかもらってなかったよね？」

「お姉ちゃんをびっくりさせようと思って。久しぶりだね」


えへへ、と笑うミニ星川。

かわいい。俺に向けていた侮蔑《ぶべつ》の表情とは大違いだ。

……なんだろうこの違い。日坂《ひさか》を思い出すな。


「真悠、マンションの入り口はどうやって入ったの？」

「キーをお母さんから借りてきたの」

「ああ、なるほど、そういうことね。じゃあ、わざわざインターホンを鳴らさなくたって、玄関の鍵《かぎ》も自分で開けられたんじゃない？」

「さすがにお部屋には勝手に入っちゃだめかなって」

「それは確かにそうね」

「真悠、えらい？」

「えらい、えらい」

星川に褒められて、ミニ星川――真悠ちゃんと言うらしい――は、ニコニコである。
ずっと眺めていられる光景だ。心が穏やかになります。
と、星川と対面してご機嫌だった真悠ちゃんが、俺を見た。

「……あの、お姉ちゃん。この人は?」

向けられた不安げな表情に、申し訳なくなる。
姉と久々に会えて嬉《うれ》しい気持ち。それが俺のせいで萎《な》えている様子が見て取れる。ごめんな、変なやつがいたせいで……。

「真悠。ちゃんと説明するから、とりあえず中に入らない?」
「うん。分かった」

俺の時とはまったく異なる素直さで、真悠ちゃんは玄関の中へと入った。
……さて、どうしたものかな。

そう思ったが、ここで急にいなくなるのもおかしな話である。逆に怪しい。

部屋の奥へ向かう姉妹を見送ってから、俺も玄関の扉を閉めて二人のあとを追うことにした。

このあとどういう流れになるかなど、まるで考えもせずに。

◆

星川の妹、真悠ちゃん。

現在、十歳の小学四年生。星川とは、六歳も年齢が離れている。

都内でも有名な私立の小学校に通っているらしい。いま着ている制服は、その小学校のものだという。


キッチンでティーセットの用意を手伝っている最中に、星川が教えてくれた。

ティーセットと言っても、真悠ちゃんは紅茶が苦手らしい。

そこで、出す飲み物はウォーターサーバーの水で原液を希釈《きしゃく》したジュースにした。

ジュースの原液は保存が利《き》くし、水さえあればこんな風にサッと作れる。だから、自粛生活の間は重宝していた。ちなみにお湯で割ってもおいしいので、かなり便利だ。

お茶請けは、自分たちの朝食も兼ねて、スコーンを出すことにした。

先週末に、星川と二人で焼いたものである。

小腹が空《す》いた時にちょうどいいので、パンと同じく作り置きして冷凍しておいたのだ。

レンジで解凍してからトースターで上手《うま》く焼けば、結構、焼き立てに近い感じになる。このままでもうまいが、ジャムを載せるとなおうまい。

「えっと、いちごジャムがあったな。あとは――」

「吉野くん、ごめんね」

申し訳なさそうに星川がささやいた。

真悠ちゃんは現在、リビングのソファに座っている。

キッチンの中から遠目に見ても、背筋を伸ばした姿勢がきれいだ。

高校で星川を見ていた時のような気分になった。

小さいけれど、凛《りん》とした佇《たたず》まいが星川によく似ていて、ああ、妹なんだなと感慨深く思う。

リビングに入る前にも、うがい、手洗い、手の消毒など、こちらから言われずとも、自分から進んで行っていた。そんな姿からも、しっかりした子なのが窺《うかが》い知れる。

先ほど玄関先では顔を露わにしていたが、ここに来るまではマスクもきちんと付けてきたようだ。彼女がゴミ箱に捨てていたのは使い捨てのサージカルマスクで、ご両親が医療関係者だからだろうか、衛生意識の高さも垣間《かいま》見える。

「真悠ったら、まさか何の連絡もなしに来ると思わなくて……」

「あ、いや、俺は別に平気だけど……俺がいること、どう説明したらいい？　やっぱり同居してるって話すのはまずいよな？」

「それは――」

星川は何やら考え込むように無言になった。

俺に気を遣ってくれてるのかもしれないが……まあ、普通に考えて、まずいよな。

「……真悠への説明は、私がちゃんとするね」

しばらくして、星川はそう言った。

決意したような横顔を見遣《みや》りながら、俺はトースターから取り出したスコーンを皿に並べる。

こういう時でも、星川は家電の操作ができないフリをあくまで貫くらしい。

いいさ、俺に任せてくれ。

どうだろうか、この焼き加減。表面はさっくり、そして中のしっとり感も失っていないはずだ。我ながら完璧《かんぺき》ではないだろうか……そんな風に焼き上がりに満足しつつ、俺は星川に頷《うなず》いてみせた。


「分かった。俺は適当に、星川に話を合わせるよ」


お互いに目を合わせ、こく、と頷き合う。

そうして星川と俺は、真悠ちゃんの待つリビングへとティーセットを運んだ。

テーブルに並べて、俺たちも席に着く。

真悠ちゃんはチラリとこちらを見たが、スッとすぐに視線を逸《そ》らす。まだ俺のことを警戒しているようだ。当然か。俺については、まだ名前しか伝わっていないのだから。


「吉野くん、もう知ってると思うけど、改めて。妹の真悠です」

「……真悠です」

「真悠。こちらは吉野叶多くん」

「はじめまして、吉野叶多です」

「で、吉野くんは、私と同居してるの」

「そう、同居――は？」

「えっ？」


俺と真悠ちゃんの疑問の声が重なった。

星川だけが微笑《ほほえ》んでいる。

えっと……いいのか、これは？


「お姉ちゃん……同居って、一緒に住んでるってことだよね？」

「そう」

「ここで？」

「そう、ここで」

「ここで一緒に……お姉ちゃんが、男の人と……」

言葉の意味を咀嚼《そしゃく》するように、真悠ちゃんはポツリポツリと呟いた。

さすがに理解はしづらいだろうな……そう思っていると、真悠ちゃんがこちらを見た。

じっと品定めでもするような視線に、思わず硬直《こうちょく》する。

「……よしのかなたは、女の人？」

しばらくして、真悠ちゃんは真剣な顔で尋ねてきた。
ジョークなのかな？　と思ったが、どうも本気の質問のようだ。

「いや、男です」
「なんで？」

……なんでお姉ちゃんと住んでるの、だよな？
なんでお前は男なのかと訊かれたわけではないはずだ。さすがにそれは誰にも答えられない質問である。

「それはー……」
「吉野くんはね、家がなくて困ってたの」

答えあぐねていると、隣から星川が助け舟を出してくれた。

真悠ちゃんの視線も自然と姉のほうに向く。


「え。おうちがないって、どういうこと?」

「住んでた学校の寮が閉鎖しちゃって、実家にも帰れなくて公園で野宿しようとしてたの」

「ええ……よしのかなた、かわいそう……」


小学生に本気で同情された。

やっぱりうちの親の対応がおかしいんだよな?


「だから、お姉ちゃんのおうちに住ませてあげたの?」

「そう。真悠も分かってると思うけど、男の人と女の人が一緒に住むのは――」

「結婚する時だけだよね。だから真悠、男の人がいるなんておかしいと思ったの」


真悠ちゃんが授業中の回答でもするように答えた。

星川家での教育がどのようなものか垣間見えた気がする。

星川について、旧家の出のお嬢様という噂を耳にしたことがあるが、本当なのかもしれない。

俺はすでに彼女の実家が大病院を経営していることを知っている。

……うん。

何となく分かってたけど、この同居、絶対にご両親にバレちゃいけないやつだ。

「お姉ちゃんは、やっぱり優しいね」

ふわり、と微笑《ほほえ》む真悠ちゃん。

やはり星川に似ていて、かわいい。

小学校が男女共学なら、クラスでもかなりモテるんじゃないだろうか。

もし俺が小学校だった時クラスに星川がいたら、確実に気になっていただろうし……と、星川の話になってしまった。似てるからな。星川のほうが想像しやすいからだろう。

「あの……さっきは、ごめんなさい」

真悠ちゃんが俺に向かって、ぺこり、と頭を下げてきた。

俺はほっこりとした気持ちで眺めていたので、その瞬間に慌ててしまう。

「えっ、あっ、いや！　……その、真悠ちゃん、気にしないでいいよ？」

「……本当に？」

「本当、本当。誤解が解けたわけだし、俺は別に気にしてないから」

「ありがとうございます」


再び折り目正しく頭を下げる真悠ちゃんに恐縮してしまう。

小学生だというのに、本当によくできた子だ。俺が同じ年齢だったら、こうはいかなかっただろう。そもそも、こんな風にソファに座って話し合いができていたかすら危うい。

「それで真悠。お姉ちゃんのところに来た理由は？　びっくりさせたかったから連絡しなかったってことだけど……一人で来たんだよね？」

誤解が解けて和やかになったところで、星川が本題を切り出した。

星川の疑問はもっともなものだった。

彼女の実家からこのマンションまでは結構な距離があると聞いている。小学四年生が一人で来るには、ちょっと骨が折れるはずだ。

予想どおり、真悠ちゃんは一人で来たわけではなかった。

「宮守《みやもり》さんがここまで送ってくれました」

「ああ、なるほど……あ、宮守さんっていうのはね、我が家の専属運転手さんのこと」

誰だろう？　と思っていたら、それが顔に出ていたのだろう。星川が説明してくれた。

……しかし、専属の運転手さんまでいるのか。

一般家庭育ちの俺には、家専属のどなたかは縁遠すぎる存在である。

やはり、星川はとんでもないお嬢様で間違いなさそうだ。

うーん……分かってはいたけど、遠いなぁ……

こうして彼女と一緒に暮らしていることが、改めて奇跡的なことに思える。

「キーも借りてきたってことは、お母さんから言われて来たのね」

「うん。『遥のところに住むなら必要だから』って、お母さんが」

その瞬間、和やかなムードが唐突に終わった。

余裕のある微笑みを湛《たた》えていた星川の表情が凍りついている。

「……待って、真悠。いま、なんて？」

「お母さんが？」

「その前」

「遥のところに住むなら必要だから？」

「私のところに、誰が住むの？」

「真悠が」

キョトンとして答える真悠ちゃん。

しばらくフリーズしていた星川が、ぱちくりと目を瞬く。

「…………………………はい？」

星川のその一言を、恐らく同じ驚きをもって俺は聞いていた。

真悠ちゃんの通う小学校も、現在、俺たちの高校と同じくリモート授業を行うようになっているらしい。

「なので、お姉ちゃんのところで授業を受けようかなって」

「ええと、真悠。どうしてそうなったの……？」

「お母さんが、そのほうが成績が上がりそうだからって。お姉ちゃんが、勉強、教えてくれるだろうからって」

「勉強は教えるけど」

「それに、そのほうが寂《さび》しくないでしょうって――」

真悠ちゃんの言葉に、星川が黙り込んだ。

俺は横で聞いているだけだが、星川が考えたことが、何となくだけど分かった。

星川は小さい頃、両親が多忙で寂しかったらしい。ちょっと前に、俺に打ち明けてくれた話だ。

星川の両親は、共に医師だという。

そして現在、謎《なぞ》のウイルスが猛威を振るっている状況下だ。発熱している患者を診ているのであれば、きっと多忙を極めていることだろう。

そうなると、真悠ちゃんの日常は……星川の子どもの頃と同じような孤独感に苛《さいな》まれているのではないだろうか。


「――お姉ちゃんが」

「私⁉　真悠じゃなくて⁉」

「真悠は平気だけど、お姉ちゃんは寂しがり屋さんだから」

「わ、私は寂しくないよ？　吉野くんがいるから、全然平気」


急に名前が出て、俺は狼狽《うろた》えた。

同時に嬉しくなった。

幼少期の孤独について教えてくれた星川に、俺は『俺でよければ別に甘えていいよ』というようなことを言った。星川も『じゃあ、そうする』と答えていたと思う。

甘えられているかは分からないが、俺の存在が彼女を支える何かになれているなら……それはとても光栄なことだ……

……真悠ちゃんが、じーっとこちらを見ている。

感慨にふけっている場合ではなさそうだ。品定めをされているのかもしれない。


「よしのかなたがいると、お姉ちゃんは寂しくないんだ？」

「うん。だから、真悠がわざわざここに住む必要はないよ」

「必要はあるよ。お父さんにも頼まれたから」

「え？　お、お父さんにも？」


星川が挙動不審になる。

俺も同じだ。

もしかして、同居してることがバレている……？


「ま、真悠……お父さんに、何を頼まれたの？」

「お姉ちゃん病み上がりだから、無理しないようにいろいろと手伝ってあげなさいって」

「あー……病み上がり……いや、まあ、確かにそれは……」


星川が言い淀《よど》んでいる。

体調を崩した星川が実家の経営する病院を頼ったのが、かれこれ一週間ほど前のこと。

細菌感染ということで処方された抗生剤も飲み切り、すっかり完治したようだ……が、確かに病み上がりである。

そういうわけで、星川も否定しづらいらしい。

「で、でも、お姉ちゃん、真悠の手を煩《わずら》わせるほどの体調じゃないよ？　ほら、かなりよくなったし――」

「でも、病み上がりなんだよね？」

「それはそうなんだけど」

「お父さんが、病み上がりに無理して体調を崩す人が多いって言ってた」

分かっているのか、それとも分からずに言っているのか。

真悠ちゃんは星川の発言を見事に封殺《ふうさつ》した。

現役《げんえき》医師のお父さんの言葉ですからね、説得力が段違いですもんね……

「それに、真悠はお姉ちゃんと住むって決めたもん」

次の一手を探していた星川を待たず、真悠ちゃんはそう宣言した。

くりっとした大きな瞳《ひとみ》の中に『真悠、絶対に譲らないもん』という強い意志が宿っている、気がする。

「……だって、お姉ちゃんが心配なんだもん」

「真悠……」

「お姉ちゃんが真悠のこと邪魔だっていうなら帰るけど……でもこのまま帰ったら、お父さんに理由を訊かれるから、その時はお姉ちゃんのところによしのかながいるから平気だって言う——」

「お姉ちゃん真悠に住んで欲しいな♡」

真悠ちゃんの不穏《ふおん》な発言を、星川が食い気味に言ってかき消した。

笑顔だが、頬が引きつっている。

どうやら言葉と裏腹に、星川の本意ではなさそうだ。

星川のこういう表情の微妙なニュアンスが、最近は俺にも分かるようになってきた。嘘や誤魔化《ごまか》しの類は、本当に苦手なようだ。

……なんというか、素直だよな。

そういうところも星川の美点だと、個人的に思う。

「よかった。お姉ちゃんと一緒にいられて、真悠、嬉しいな」
「うん、お姉ちゃんも嬉しい、よ……うん……」

こうして真悠ちゃんのマンションでの同居が決まった。
となると、俺がとる選択は……

「ちょっと電話してくる」
「え？　訊いていいのか分からないんだけど、どこに？」
「親に」

二人に断り席を立った俺は、自分の部屋へ。
扉を閉めると、母に電話をかけるべくスマホを取り出す。そうして電話帳を開き、母の連絡先を探していた時だった。

「待って待って、吉野くん」

星川が焦《あせ》ったようにノックをして入ってきた。

追ってはきたものの、状況を呑《の》み込《こ》めていないという顔をしている。

「あの、この流れで、なんで親に電話……？」

「実家に帰れないか、もう一度訊いてみようかと」

親と連絡を取ったのは、寮がクラスターで閉鎖した時が最後だ。

それ以来、星川のおかげで生活の不便もなかったので、連絡をしないまま今日まできてしまった。

もしかしたら、今なら、実家に帰ってもいい、と言われるかもしれない。

まあ、緊急事態宣言が延長した今、ぶっちゃけ実家のスタンスも何も変わってなさそうだけど。帰ってくるなって、また悲しいことを言われるだろうけど。

だが、学生寮の復活も当分は見込めないし、そうなると頼れるのは実家のみで――

「えっ？　な、なんで、実家に……？　帰らなくてもいいんじゃないかな？　吉野くん、ここに住んでるわけだし。無理して帰る必要ないよね？」

「いや、真悠ちゃんが一緒に住むのに俺がいたら邪魔になるかなって」

「そんなことない絶対ない」


星川が前のめりになって否定してくれた。

というか、近いです。

顔が近い。ということは、必然的に顔より前面に突出している胸も近いわけで。油断すると当たりそうなんだけど……星川、気づいてないだろうなこれ。

ほんの気持ち、身体を後ろに引いて距離を保ちつつ、俺は星川に説明する。


「そ、そう言ってくれるのはありがたいよ。でも、寝泊まりする部屋だって、俺が借りてる部屋を当てにして来ただろうしさ」

「それは大丈夫。真悠は、私の部屋で一緒に寝るから」

「あー……なんか悪いよ、やっぱり。それは星川に負担がいくっていうか」

「じゃあ、吉野くんが私と寝ればいいと思う」


本気で言っているのか、気の迷いか、正直分からない。

訊いていいものかも分からない。

でも、提案がいけないことなのは分かる。

「それも悪いから……」

真悠ちゃんの教育的にもよくないと思います。

「悪いなんて——そ、そうだ。吉野くん、このマンション、悪くないよね？」

「え？　そりゃあ……悪くないっていうか、いいよね」

ホテルのような高級マンション。
最新鋭の設備に家電、セキュリティ。周辺環境や立地だって悪くない。
何より星川がいる——というのは、今はちょっと別の話だから置いておく。

「ご飯は？　私の手料理、結構いい感じだと思うんだけど」
「星川の作るものはおいしいよ。なんでも」
「〜〜〜〜〜っ、あ、ありがとう………じゃなくてっ」
「？」

「吉野くんは、もしかしてうちに住むの、嫌?」

「えっ、なんで?」

「私が寝込んだ時も、出ていこうとしてたし……」

「いやあれは――」

「分かってるよ。私のためだって……でも、今回だってそう。私のためだって……でも、私は構わないって思ってるの。そう言っても吉野くんは出ていこうとしてる。だから……嫌なのかなって」

「全然嫌じゃない! ……です」


思わず大きな声を出してしまい、慌ててトーンを落とした。

ここは壁も薄くないから、リビングの真悠ちゃんにも聞こえていないと思う。けど、自分の声が想定外に大きくて焦った。

星川も同様だったらしい。目を丸くしている。


「ご、ごめん星川。急に大きな声を出して……」

「それは別にいいんだけど………ふふっ」

「え? なんか笑うところあった?」

「ううん。嬉しくて」

「嬉しい？」

「吉野くん、全然嫌じゃないのかぁって、なんか伝わってきたから」

星川が口元に笑みを浮かべて言った。

俺はあまり感情の起伏がないタイプの人間だ、と思う。なのに、あんな大きな声を出してしまった。

……なるほど。

彼女の言うように、俺はここに住むことが全然嫌じゃないらしい——というか、

「住みたいんだと思う」

「え？」

「俺、たぶん思ってた以上に、星川の家で生活したいのかなって」

そう告げた瞬間、星川はポカンとした表情で固まって。

一拍置いたあと、みるみる顔を赤らめた。

「へっ、あっ……うんっ、したらいいよ、ここで生活！　そうして！」

「ありがとう。星川と真悠ちゃんが嫌だったら、すぐ出ていくから言ってな」

「絶対言わないと思う」


星川が力強く断言してくれた。

自分から出ていこうとしてなんだけど、ホッとしてしまう。

同時に、そこで一つの懸念《けねん》が生じた。

星川から見たら、出ていくフリして出ていかない詐欺みたいになっていないだろうか。

……そうだったら嫌だな。


「それにしても、真悠ちゃん、いい子だね」


星川に似て……という言葉は呑み込んだ。

星川に対して、いい子、という表現は適切ではない気がしたのだ。


「……私より？」

「え？」

「なんでもない」

唇を尖《とが》らせて、どこか拗ねたように星川が言った。

また何か間違えてしまったのだろうか。

「それじゃ、吉野くんはこのままここに住み続けるということで。真悠にもちゃんと言っておくから」

「ごめんな、手間をかける」

「そこは『ごめん』じゃなくて『ありがとう』だよ?」

「だな……ありがとう」

「……私のほうが、ありがとうなんだけどね」

「え?」

「う、ううん。じゃ、真悠のところ行こっか」

何かを誤魔化すように、星川はリビングへ向かった。

そのあとを追って、部屋を出る。

真悠ちゃんが心配そうな顔でこちらを窺《うかが》っていた。

「あの……真悠、お姉ちゃんたちに迷惑かけてないかな」


星川と俺が並んでソファに座ると、真悠ちゃんが開口一番にそう言った。

これくらいの年齢で、こんな風にちゃんと気遣いができる子だ。嘘や誤魔化しは通用しない気がする。

星川は一体、彼女にどう説明するつもりなのだろう？


「ないよ、大丈夫」

「本当？　お姉ちゃん、困ってるみたいだったから」

「急だったからビックリしただけだよ」

「そっか。よかった」

「それで、いま吉野くんがご両親に電話したんだけどね」


ん⁉

と思ったが、疑問の声はなんとか呑み込んだ。

俺は電話してなかったはず……そう自分の記憶を確かめながら、隣の星川を見る。

星川は、目をしぱしぱしぱしぱさせていた。

……だめだ。この反応では、いまのが嘘だとバレバレだろう。

目が大きくてまつ毛が長いから、余計に狼狽《うろた》え具合がハッキリ分かってしまう。

俺は額を押さえたい気持ちだったが、我慢して星川の話の続きを聞く。

「やっぱりおうちに帰ってくるのは困るって話で……都会のほうが人が多いから、ウイルスを持ち帰られると怖いって人、多いらしいの」

「そうなんだ……よしのかなた、かわいそう」

よしのかなた、再び小学生に同情されてしまった。

うん。改めて自覚した。

やっぱり俺、かわいそうな身の上なんだよな。

実家に帰る交渉はしなくてもよくなったが、それとは別に親にあとで電話してやろう。小学生にまで同情されたんだぞって言ってやらねば。

「分かりました。よしのかなた、これからよろしくお願いします」

「はい。こちらこそ、よろしくお願いします」

丁寧《ていねい》に頭を下げる真悠ちゃん。

それに釣られるように、俺も深々と頭を下げた。

こうして、星川と二人きりの生活に星川の妹・真悠ちゃんが加わり、三人の同居生活になったのだった。

遥の非公開ダイアリー②

「お母さんに真悠《まゆ》がちゃんと到着したこと、連絡してくるね」

そう言って私は笑顔でリビングのソファを立った。

真悠と吉野《よしの》くんを残し、スマホを持って自分の部屋へ向かう。何食わぬ顔で中に入ると、後ろ手で扉を閉める。

「…………っ」

っあぁぁぁーーーー焦《あせ》ったぁぁぁぁーーーーーー!!

心の中で叫ぶ。

突然やって来るとは思わないじゃない？

心の準備、まっっったくしてなかったよね。

っていうか真悠でよかったーーーーーー!!

まあ、お母さんとかお父さんが来るわけないんだけど……でも、よかった。焦《あせ》った。本当によかった。

吉野くんとの生活が幸せすぎて、気が緩《ゆる》みまくっていたらしい。けど、こういうこともあるわけだし、ちょっと気をつけなきゃ。

それはそうと……深呼吸。

落ち着いて、スマホの電話帳から母の番号を探す。

母に連絡、とは言ったが、土曜のこの時間、母に電話が繋《つな》がることは珍しい。

父も同じだ。仕事——診察中で、電話に出られないのである。

本当に急用の時は病院に電話して繋いでもらうが、休診日や診療時間中に連絡が取れることは稀《まれ》だ。

そんなわけで、普段は留守電になることが多いのだが……繋がってしまった。

「は、はい、大丈夫です。緊急事態宣言が解除されるまで……分かりました。はい――」

今の体調は良好かどうか。
真悠を頼むということ。真悠が帰る時期。

久々に聞く声でされるそんな質問に対して、私は少し緊張しながら答える。
母や父と電話が繋がる時は、いつもこんな風になってしまう。
小さい頃の自分が急に帰ってくるようで、心許《こころもと》なくなるのだ。

「はい。は――えっ？」

母からの言葉に、一瞬、頭が真っ白になる。
やっぱり実家に帰ってきたほうがいいんじゃない、と言われたのだ。

「い、いえっ大丈夫です！　またいつ学校が始まるかも分かりませんので！　あっ、真悠が待ってるのでこのへんで――ええ、はい、またご連絡します！　それでは――」

スマホを取り落としそうになりながら、通話終了のボタンを押す。

きな臭い会話になりかけたので、慌ただしく通話を終えてしまった。

母に怪しまれなかっただろうか……うん。きっと大丈夫、だと思う。嘘《うそ》をついてしまう前に切ったのだ。こちらが不利になる情報は何も渡していない。問題なかったはずだ。


「っ、はぁーーーーーーー……」


深い深いため息が出た。

緊張からの解放。疲労感。そして……安堵《あんど》。


リビングへ向かおう。

そう思って……足が止まった。

真悠は、緊急事態宣言が解除されるまでの間、私のマンションに滞在するらしい。

もちろん、宣言はいつ解除されるか分からない。

先のことを考えて、どうしたものだろう……と頭を悩ませてしまう。

真悠のことは、大好きだ。


私を慕《した》ってくれているし、素直なところも背伸びしたがりなところも全部かわいい。

もう少し真悠が小さい頃は、抱きしめて頬《ほお》ずりをしすぎて「頬が擦《す》り切《き》れる」と母から叱《しか》られたほどだ。


というか、みんなに布教して回りたいくらいかわいい。

このかわいい子、私の妹なんですよ？　かわいくないですか？　かわいいですよね？　私の妹なんですよ？　って、会う人会う人に嫌がられるくらい自慢していきたい。

それくらい、真悠のことは大好きなのだ。


……けれど。

急な訪問には、ちょっとだけ複雑な気持ちになってしまった。

吉野くんとの生活……二人きりがいいのにって思ってしまったのだ。

あんなにかわいい妹が、わざわざ来てくれたというのに。

私……だめなお姉ちゃんだな。

真悠は、私の言うことならちゃんと聞いてくれる子だ。だから、吉野くんともすぐに仲よくなれるだろう。

それも……ほんのちょっとだけ、嫌だと思ってしまう。

仲よくなって欲しいのに、仲よくなって欲しくない。

かわいい真悠だから、吉野くんも好きになっちゃったりしないかなって……小学生相手に、何を嫉妬《しっと》してるんだろうって思うんだけど。


でも、吉野くんのことになると、何にでも嫉妬しちゃうんだもん。

吉野くんが使ってるスマホにすら、吉野くんに触られててズルいっていつも思ってるし……


「……なんで私、こんなに吉野くんのことで頭がいっぱいになっちゃうんだろう」


思わず声に出して呟いてしまった。

でも、今日からは真悠もいるのだ。男女のアレコレなど何も知らない、純粋無垢《むく》な小学生の妹が……

……だから、気を引き締めないと。

吉野くんとイチャイチャするのも控えなきゃ……いけない。

いけない……ん……だろう……け……ど……

「うぅ～～～～～んん～～～～～～」

顔を両手で押さえて、声を我慢する。

ようやく叫びたい衝動が収まった時には、頭の中の思考もクリアになっていた。

うん。無理である。

イチャイチャしたい。

吉野くんと密になって、密なことしたい。

……ううん。する。

何とか……真悠に見つからないように……イチャイチャする！

第二話　近くの妹と遠くの親

When I got to remote class, I had to move in with the most beautiful girl in my class.

真悠《まゆ》ちゃんがやって来てから、リビングで初めて彼女と二人きりになった。

星川《ほしかわ》はというと、自分の部屋に籠《こも》っている。

真悠ちゃんのことについて、親に電話をしてくるとのことだった。

真悠ちゃんから電話させるよりも安全だろう……そう星川は言っていた。

俺《おれ》との同居についての情報が両親に漏《も》れないように、という配慮《はいりょ》らしい。

だが、星川の説明に嘘《うそ》が交《まじ》えられた場合、むしろ危険な気がする。

嘘をつくことや誤魔化《ごまか》すことが、壊滅的《かいめつてき》に下手《へた》な星川である。ご両親ならなおのこと、娘である彼女の嘘などお見通しになってしまうだろう。

電話越しなら大丈夫《だいじょうぶ》なのだろうか。大丈夫であって欲しい……


……星川のことは心配だ。

しかし現在、せっかく真悠ちゃんと二人きりである。

お互いに警戒して様子見し合っているだけではもったいない。

というわけで、俺は真悠ちゃんに自己紹介をすることにした。

これからここで一緒に生活するにあたり、必要なことだろう。


「あの」

「っ！」


話しかけた瞬間、真悠ちゃんはビクンとした。

俺はなぜか慌てて両手をホールドアップしたのだが、なおさら怯《おび》えられてしまう。

危害を加える意思はまるでこれっぽっちもないと表したかったのだが、真悠ちゃんが銃を持っていたら撃たれていたかもしれない。


「ご、ごめんね怖がらせて。自己紹介……していいかな？」

「えっ………………は、はい。どうぞ」


警戒しながらも、真悠ちゃんは許可してくれた。

よかった。これでとりあえず会話ができそうだ。

「えっと……改めまして、吉野叶多《よしのかなた》です。星川――遥《はるか》さんとは同じ高校に通っている同級生で、一ヶ月半ほどここで生活させてもらってます」

「……星川真悠、です。お姉ちゃんの妹です。好きな食べ物は、お姉ちゃんの作ったオムライスです」

「あ。それ俺も好き」

……しまった。思わず同意してしまった。

星川の作るオムライス、すげーうまいんだもん……。

だが、俺のそんな不用意な一言に、真悠ちゃんの警戒心は一気に解けたらしい。

「えっ……よしのかなたも？」

「そ――そう。よしのかなたも」

「そっか。真悠と一緒だね」

真悠ちゃんがニコッと笑った。

その反応に、俺はホッと胸を撫でおろす。

この様子なら、防犯ブザーを鳴らされたり警察に通報されたりはしないはず。今まではちょっと油断ならなかったんだよな……


「あの……よしのかなた」

「はいっ⁉」


真悠ちゃんのほうから話しかけてきたので、びっくりして変な声が出てしまった。

また怯えさせなかっただろうか？　そう焦《あせ》ったのだが、真悠ちゃんを見ればキョトンとしていた。

よかった。また一からやり直しかマイナスかと思った。


「な、何かな？」

「よしのかなたと呼んでいましたが、改めて、ちゃんと呼び方を考えたいです」

「お……おお。なるほど」

「お姉ちゃんは『吉野くん』って呼んでますよね？」

「そうだね」

「真悠はなんて呼んだらいいですか？」

「え？　俺は好きに呼んでもらって構わないけど」

「うーん……吉野くん……という感じではない気がします」

「確かに……」


言われて、俺は納得した。

苗字《みょうじ》で呼ばれると、何だか同級生っぽい。


「叶多くん？」

「そっちのほうがしっくり来るかな」

「叶多……は呼び捨てですね。いけません」

「俺は呼び捨てでも構わないよ」

「人生の先輩を呼び捨てにはできません」


やはりこの子、しっかりしている。

いい意味で親御さんの顔を拝見してみたいのだが、それは己《おのれ》の現状を考えるにちょっと怖い。

俺は立場上、こっそり内緒で娘と同居しているどこの馬の骨とも知れない男だ。会った瞬間に抹殺《まっさつ》されるかもしれない。

「……お兄ちゃん」

「え」

「冗談です」

フフン、と得意げな顔になった真悠ちゃんは、俺を弄《いじ》っている時の星川によく似ていた。

やはり姉妹なんだな……と、ちょっと遠い目になってしまう。

それにしても、お兄ちゃんか。

……ちょっとそれでもよかったな、と思ってしまった。

「じゃあ、叶多くんで」

「真悠ちゃんでいいかな」

「はい。よろしくお願いします」

そうこう話している時だった。

俺のスマホが、ぶるぶると震え出した。止まらない。

スマホを確認すると、LIEN《リエン》の着信がきている。

しかも、画面に映し出されているアイコンは見覚えがあるもの……というか、すでに見慣れてしまった感すらある。

同時に、見たくないものでもある。

目つきの悪い犬のアイコンは、〝やつ〟からの着信を示すものだ。

というか俺にLIENで通話してくるやつなんて、親か〝やつ〟――日坂菜月《ひさかなつき》しかいない。

「う～～～～～～……」

……電話、出たくねえ。

俺は本気でこいつが苦手らしい。

ちょっと前にまともに会話を交わしたというのに、だめだ。スマホの画面を見てるだけで胃が痛くなってきた。

何度でも言う。電話、出たくねえ。

しかし、出なければ出ないであとで酷《ひど》いことになるのは目に見えている。具体的に想像するなら、およそオーバーキルでも狙《ねら》ってんのかというほどの罵詈雑言《ばりぞうごん》を浴びせられるだろう……想像するだけで胃酸過多だ。

「叶多くん？　どうかしましたか？」
「い、いや、なんでもないよ。大丈夫、なんでもない……」
「あの、叶多くんのスマホがずっと震えてますけど、放っておいていいんですか？」
「いいと思うけど、よくないとも思う」

俺のどっちつかずな言葉に、真悠ちゃんは「？」と首を傾げた。
そういう反応にもなるだろうさ。俺の言ってること、訳が分からねえもの。そもそも日坂から着信がきてることが一番訳が分からねえのだけども……

「あー、その……今は真悠ちゃんと話してるし、あとでかけ直せばいいかなって――」

「あ。これ、菜月《なつき》ちゃん？」

俺がスマホ画面を睨《にら》んでいたから不思議に思ったのだろう。

真悠ちゃんが隣から覗《のぞ》き込んできて、画面を見るなりそう言った。

「えっ？　真悠ちゃん、日坂のこと知ってんの？」

「はい。菜月ちゃんは、よく遊んでくれましたから」

「そっか……そういえば日坂は星川と同じ中学だって言ってたっけ」

「菜月ちゃん、優しくて真悠は大好き」

「えっ？　や、優しい？」

「うん。菜月ちゃん、優しいですよね？」

「優しい……ソウダネ……」

思わずカタコトになってしまった。

だが、日坂に微塵《みじん》も優しさなど感じたことのない身の上である。許して欲しい。

いや……もしかして俺の感受性の問題だろうか？

日坂との会話を思い出してみる……

……うん。だめだ。優しさなど、やはりまったく感じたことがない。

「これ、菜月ちゃんからの電話ですよね？」

「え？　あ、うん、そうだけど？」

「叶多くん、わたしのことは気にせず出てください。というか、わたしも菜月ちゃんとお話したいです」

「ぇえっ」

「どうぞどうぞ。さあ」

真悠ちゃんが催促《さいそく》してくる。よかれと思って言ってくれているのだろう。

しかしこちらは、崖《がけ》から突き落とされそうになってるような気分だ。押さないで欲しい。

こんなやり取りをしている間に、あー切れちゃったか間に合わなかったなぁーという展開になったらどれだけ楽だろうと思う。

しかし、スマホの震えは止まらない。

俺の切実な祈りを無視して、鬼のように着信中だと訴えてくる。俺が震えたい。

「……はい」

意を決して俺は通話ボタンを押した。
苛立ったような『あ、やっと出た』という声に、もう切りたい。

『ちょっといつまで待たせんの。スマホの充電、減っちゃったんだけど』

知るか、減ったのが嫌なら充電しろ。
そう言ってやりたいが、言えない。毎度のことだが悔しい。
なんだろう……こいつには生物として負けている気がする。俺がインパラなら、あいつはライオン。俺が鮭なら、あいつはヒグマ。まあ、瞬時にそんな喩《たと》えが過《よぎ》った時点で勝てるわけがないよな。

「悪かったな。いま人と話してたんだよ」
『遥？』

「いや」

『へえ、あんたと話をする人が遥以外にいるのね』

お前だっていま喋《しゃべ》ってる最中だろうが。

……とも言えない。

いつになったら言えるだろうか。

いや、そもそもこのやり取り自体とっととやめたいんだけど。これ以上、継続したくないんだけど。


『で、遥とはどうよ?』

「どうもこうも――」

『変なこと、してないよね?』


真悠ちゃんが、じっとこちらを見ている。

大好きな菜月ちゃんと話したいのかな? うん、たぶんそうだよね。俺も代わってあげたいんだけど、こいつ、いつものことだけど俺に話を振るくせに話をさせねーんだわ。

というか日坂とのこの会話、真悠ちゃんに漏れ聞こえていないだろうか。

……いや、待てよ？　これは使えるのでは？

「なんもしてねーよ」

『ならいいんだけど。でも、ちょっとでもあの子が嫌がるようなことをしたら承知しない
――』

「日坂、ハンズフリーというか、スピーカー通話にしていいか？」

『――は？　別にいいけど、なんで？』

「お前と会話したがってる子がいる」

『へ？　遥がそこにいるの？　……ちょっと、それなら先に言って。っていうか、場所を変えて電話に出てよ、遥に嫌われたらあんたのせいだからね？』

「別に星川はお前のこと嫌わないだろ。お前の俺に対する態度、知ってるだろうし」

『そうじゃなくて――ああもう、鈍いな本当』

なぜか悪口らしきことを言われた。

このままなんの予告もなしにスピーカー通話にしてやろうかと思ったが、真悠ちゃん側の気持ちを考え、やめておくことにした。

優しい菜月ちゃんのままでいさせてやろう、ありがたく思え。

「じゃあ、スピーカーにするからな」

『はあ、どうぞ』

日坂から渋々《しぶしぶ》の了承《りょうしょう》を得て、通話をスピーカーモードに切り替えた。

耳元から離したスマホをテーブルの上に置く。

と、俺の隣《となり》から真悠ちゃんがスマホに向かって話しかけた。

「菜月ちゃんですか?」

『えっ? あれ? もしかして……真悠ちゃん?』

「はいっ。お久しぶりです」

『えっ、えっ? なんでいるの?』

「お姉ちゃんのところに泊まりにきました」

『えーっ! いつ来たの?』

「さっきです」

『さっき!?』

日坂がめちゃくちゃ狼狽《うろた》えている。

こいつのこんな反応を見るのは初めてだ。ちょっと面白《おもしろ》い。

このまま和やかな話になればいいなー……なんて思っていたのだが。


『……え？　吉野がなんで一緒にいるの？』


そうなりますよね。知ってました。

外は暑いくらいだってのに、一瞬で空気が真冬だよ。

「そりゃあ星川のところに住んでるんだから、一緒にいることもあるだろうよ……」

『ええー……やめてあげて欲しいんだけど』

「……俺に本気で嫌そうに言うのもやめてくれないか」

『え。無理』

勇気を出して本音を零《こぼ》してみたのだが、一蹴《いっしゅう》された。つらい。

『……で、真悠ちゃんがいるってことは、そこ、あんたの部屋じゃないよね？　遥は？』

「ご両親に電話中だ」

『あ。もしかして、あんたのことがバレ――』

「違う違う！　真悠ちゃんが到着したから！　諸々《もろもろ》の報告！」


日坂の言葉を慌ててかき消す。

真悠ちゃんには、俺の同居はご両親的にも問題ないことだ、と説明してあるのだ。実際は大問題だということを認識されてはまずい。

俺のその焦りを察知してか、日坂は『へー』と言ったきり黙った。


……沈黙が痛い。


小学生相手に嘘ついてるんだーみたいな空気、やめてもらっていいですかね日坂サン。俺だって、良心の呵責《かしゃく》に苛《さいな》まれているんだから。

『ふぅん……ところで真悠ちゃん、どうして遥のところに？』

「学校がリモート授業になって家にいることになったので、それならお姉ちゃんのところで勉強を教えてもらいなさいって、お母さんが」

『あー、遥に教えてもらうのは確かにいいよね。妹特権だよ』

「あと、お父さんにも病み上がりのお姉ちゃんを見てて欲しいって頼まれました。それでお姉ちゃんのところで暮らすことになったんです」

『そうなんだ。相変わらず真悠ちゃんは偉いねー……ん？　そこで暮らす？』


……あ、やばい。

気づいてしまったらしい。


『そこで暮らすってことは、そいつ——吉野も一緒なんだよね？』

「はい。叶多くんも一緒ですね」

『か　な　た　く　ん……？』


スマホの画面から、黒くておどろおどろしいプレッシャーが噴き出してきた。

俺に向けられたものなので、真悠ちゃんにはノーダメージらしいのが救いだ。

ちなみに俺にとっては体調不良を引き起こしかねないレベルの深刻なダメージである。毎秒一パーセントずつ体力が削《けず》れる状態異常にでもなったかのようだ。

さすがケルベロス日坂、恐ろしい女である。

『真悠ちゃん、そいつが変なことをしたら、私に連絡して。すぐ助けに行くから』

「分かりました」

『吉野』

「分かってます分かってますって」

『じゃあ、またね』

そう言って、日坂はＬＩＮＥの通話を切った。

っていうか……『またね』ってことは、またあいつから着信くるのかよ。すでに今から気が重いんだが。

「叶多くんは菜月ちゃんとも仲よしなんですね」

「はっ⁉　えっ、そんな――風に見える？」

危うく反射で「そんなことあり得ませんけど⁉」と否定するところだった。

純粋な眼差《まなざ》しを向けてくる真悠ちゃんに、大人げない本音をぶつけて悲しませる必要はない。

彼女の中で、俺と日坂は手を取り合ってハグするような仲。それで世界が平和になるなら、いいじゃないか。

……想像しただけで震えが止まらなくなる。

「叶多くん、具合でも悪いんですか？」

「い、いや、そんなことはないよ……ちょっと冷えたのかな」

冷え性ではないが、メンタル的に冷えた。そういうことにしておこう。

⬅

と、星川がリビングに戻ってきた。

「二人とも、大丈夫だった？」

「うん。叶多くんとお話ししてたよ」

「か　な　た　く　ん　……？」

真悠ちゃんの俺への呼び名に、星川がぱちくりと目を瞬かせている。

日坂と同じようで、ちょっと違う反応だ。

「ふ、ふぅん。そっかぁ、もうそんなに仲良くなっちゃったんだー？」

呆然《ぼうぜん》としたような硬直《こうちょく》時間を経たあと、ハッと我に返った星川はそう言った。

彼女の言葉に、はて、と俺は首を傾げる。

「いや、軽く自己紹介をし合っただけで、別にそんなには……？」

「吉野くん、私に自己紹介してなかったと思うけどなー」

ジトッとした目で俺を見つめたまま、星川が俺の隣に座る。

なんだか電話をかけにいく前より近い——というか密着している気がするんだけど、気のせいだろうか？

あと、自己紹介が必要な状況は、そもそもなかった気がするんだが……

「真悠。とりあえず一緒に生活していく上で、必要なことを決めていこっか」

「分かった！」

「吉野くんの部屋には立ち入らないこと」

「えっ」

思わず声を出してしまった。もっと大事なことがあるだろうに、なぜ俺の部屋への侵入可否？

しかし、真悠ちゃんはなんの疑問も持たずに答える。


「うん、分かった！」

「夜だけど、真悠は私の部屋で一緒に寝ましょう」

「お姉ちゃんと寝ていいの？　やった！」

「学校がリモート授業だってことだけど、時間割は？　何時から何分の授業？」

「えっと、九時とかに始まって、休み時間は四十五分から十五分……？」

「なるほど。私たちと同じみたいだね。じゃあ、真悠は私の部屋で授業を受けて。授業用のパソコンは――」

「これ、持ってきました」

真悠ちゃんが差し出した板状の機器は、タブレットだ。

授業では、この画面にタッチペンを使って直《じか》に書き込むらしい。

ノートパソコンよりも便利そうだが、真悠ちゃんのタブレットと俺たちの学校支給のノートパソコンでは、恐らく価格が全然違う。このタブレットは、最新型なのだ……いいな。羨《うらや》ましい。

「お姉ちゃん、これ、ネットに繋《つな》げますか？」

「うん。もちろん。このマンションはＷｉ《ワイ》－Ｆｉ《ファイ》が使えるし」

「じゃあ、お願いします」

「任せて――」

スッと真悠ちゃんから差し出されたタブレットを、星川は受け取った。

それをそのまま隣の俺に横流しする。

「――いいよね、吉野くん？」

「あ、はい。もちろん」

渡されたタブレットを操作し、俺はさっそくWi《ワイ》-Fi《ファイ》に接続する。

真悠ちゃんは不思議そうな、同時に俺に対して申し訳なさそうな、そんな顔をしていた。

お姉ちゃんにお願いしたつもりだったんだけど……みたいな困惑を彼女から感じる。

うん。そうだよな。

君のお姉さんは、たぶん実家ではなんでも自分でやってたんだろう。

実際、俺の手なんて借りなくても、Wi-Fi接続なんて簡単にやってのけるはずだ。

……なのにやらないんだから、そりゃあ不思議だよな。俺も同感です。

「こういうのは、俺がやったほうが早いんだよなー」

「そ、そうなの。吉野くんはパソコンとかすごく詳しいんだよ」

わざとらしく言うと、星川が渡りに船とばかりに話に乗ってきた。

ついでに話を盛られた。

俺はパソコン部ではあるが、別にすごく詳しいわけではない。

まあ、星川の主観では嘘ではないのだろう。嘘をついたように見える素振りはなかったし……星川の俺への評価、ちょっと高すぎなのではないだろうか？

「へえ……そうなんだ。叶多くんは、すごいんだね！」

真悠ちゃんは、俺を見てキラキラとその大きな瞳《ひとみ》を輝かせた。

尊敬の念がビシバシ飛んでくるのが分かる。

嬉《うれ》しいが、小学生に勘違いをさせてしまっているようで、ちょっとだけ心が痛い。ごめんな、俺はそこまですごくはないんだ……。

「よし。これでもうネット使えるよ」

「わあ、ありがとう！　本当に早いんだね！」

俺から返されたタブレットを胸に抱いて、真悠ちゃんはにっこり笑った。

まあね。マンションの回線に繋げて、ＩＤとパスワード入れるだけだからね。

「叶多くんは、パソコンとか詳しいの？　お姉ちゃんより？」

「星川より？　うーん、それは――」

「私より詳しいよね、吉野くん？」


答えに迷っていると、すかさず星川から促された。

星川を見ると、明らかに口元が力んでいる。

昏が、そうはならないだろう、というような複雑な形を描いているのだ。


「――俺のほうが詳しいらしいデス」

「じゃあ、真悠にもいろいろ教えてください！」

「え？」


真悠ちゃんの言葉に声を上げたのは、俺ではなく星川だった。

なぜだか焦ったような表情になっている。


「？　星川、どした？」

「あっ、ううん、なんでもない――わけでもないんだけど、かといって大したことでもないというか……真悠、吉野くんに教えて欲しいことあるんだなって。いつもなら私に教えてって言うから、どうしたのかなーって」

「えっと、お姉ちゃんがパソコン〝とか〟詳しいって言うから、いろいろお姉ちゃんが知らないことにも詳しいのかなって思って？」

一を聞いて十を知るような発言である。

本当に賢い子だな、と感心してしまった。

しかし星川により事実が誇張されているせいで、到達した結論が間違ってしまっているのが残念でならない。

星川はその学業成績からも察せるが、博学多才《はくがくたさい》な人間である。

俺の前ではわざと知らないフリをしているだけで、実際は恐らく知っている。

……いや、恐らくなどという表現ではヌルい。絶対に知っているはず。

電子レンジを使えないとか、エレベーターのボタンを押せないとか、この秀才に限ってあり得るわけがないのだ。

学校の先生たちが星川の〝フリ〟を見たら、きっと腰を抜かすと思う。

俺だって『何を企《たくら》んでいるんだろう……』としばらく疑心暗鬼《ぎしんあんき》だったし。

「つまり、叶多くんは、すごいお姉ちゃんより、すごいってことでしょう？」

「そ、それは言いすぎな気がするけど……なあ、星川？　俺、別に全然すごくない――」

「吉野くんは、すごいよ」


話を合わせてくるかと思いきや、まさかの全肯定をされてしまった。

星川の俺を見る目がキラキラしている。

どうやら本気で言ってくれているようだ……ああ。この姉妹、よく似てるな。考えていることや気持ちが分かりやすい。


「お姉ちゃんもこう言ってますし、教えてください。お願いします」

「あー……はい。俺で教えられることなら」

「わぁい！　ありがとうございます、叶多くん！」

喜ぶ真悠ちゃんがかわいいが、これには困った。

真悠ちゃんの期待に応《こた》えられるほど、俺は博学でも知恵者でもないというのに……

……ちらり、と星川を見る。

なんだか、しょんぼりしていた。

かわいい妹を俺が取ってしまった形だろうか……だとすると、あとで謝っておいたほうがいいかもしれないな。

◆

リビングでの話し合いが終わり、解散となったあと。

星川は、真悠ちゃんに家の設備やら何やらについて説明しているようだ。

俺の前では機械音痴のフリをしているが、俺がいなければ最新鋭のマンション設備でも真悠ちゃんに使い方を説明できるだろう。

俺は一人、自分の部屋へと向かい、母親に電話をかけた。

星川の実家からのアクションがあったことで、自分にも実家があったことを思い出したのだ。

「あ。もしもし？　叶多ですけど」

『ああ、叶多。元気だった？』

「まあ、普通に」

『っていうか家は？　学生寮まだ再開してないわよね？　あんた今どこに住んでるの？』

「……友達の家」


嘘ではない。

星川とは、もう友達と呼んでも差し支えない関係だろう。

『泊めてくれる友達、ちゃんといたのね。よかったわ』

息子に友達がいないとでも思っていたのだろうか。

……まあ、実際には友達だと思ってたやつら全員に断られたんだけどな。

「っていうか、息子の滞在先の心配してたくらいなら、実家に帰らせてもよかったんじゃないの？」

『ああ、それねー。実は――ゲホッゴホッ』

「ん？　母さん？」

話し始めて咳《せ》き込《こ》んだ母親に、ふと嫌な予感がした。

この時期に……まさか……


『ふうっ……ごめんごめん』

「いや、別にいいんだけど……その、もしかして母さん、体調悪い？」

『あーそうそう。体調が悪いっていうか……実は、お母さん、検査で陽性になっちゃって』

「は――」


はあぁぁぁぁぁ!?

と、内心で叫んだ。

体調が悪い母の耳元で叫ぶなんて最悪だ、と叫ぶ前に判断できたからだ。

しかし、検査で陽性と言ったらアレしかない……例のウイルスである。

「え、えっと……大丈夫なのか、それ？」

『大丈夫。きっと。たぶん。なんとなく』

大丈夫じゃなさそうなんだが……

とはいえ、俺にできることもなくてヤキモキする。

『というか、お母さん超軽症みたいなのよ。熱も微熱で済んだし、その他にこれといった症状もなくて』

「その咳《せき》は？」

『これ、治りかけで出てくる咳らしいのね』

「……本当？」

『本当よ。お母さん、嘘つかないもの。意見はハッキリ言うもの』

それは事実だ。

だから母は、実家に帰ろうとする息子のことも超速で断固拒否できたのである。

症状についてハッキリ大丈夫だと言えないのは、このウイルスに対して医師や研究者が
――つまり人類が、まだハッキリとした答えを見出せていないからだろう。

「父さんは大丈夫なの？」

『お父さんに至っては陰性なのよ。うらやましい。検査も私が陽性だったから一応受けただけだし』

「それならよかったけど……いま一緒に生活してるの？」

『お母さんはホテルでの隔離生活中です。いえい☆』

……状況的には不幸なはずなのに、なんか楽しそうだな。

まあ、悲壮感を漂わせてるよりは健康的にもいいんだろうけど。

『そんなわけで、こっちには当分帰ってこないでね。家にはお父さんしかいないし、お母さん、治ってもホテル滞在期間まだあるし』

「はあ……了解です」

母の言葉に、とりあえず頷《うなず》く。

検査で陽性になると、決まった日数隔離されるらしい。よくなった場合も短縮されることはないようだ。

父との二人きりの生活は、個人的にはやぶさかではない。
だが、現在、神回避をして無傷という父である。俺が帰ってあちらで感染させたりしたら、息子として目も当てられない。

ついでに、恐らく、父は一人の時間を楽しんでいる……ような気がする。
父は、昔から一人で部屋に籠《こも》っては、音楽を聞きながら読書をしていたりするのが好きな人だ。俺の気配薄弱なところは、この父譲《ゆず》りだと思う。
逆に母は外出が好きな人だったので、どうして結婚することになったのか謎《なぞ》だ。

……世の中には謎が多いものだな、と思う。

『ちなみに叶多……泊めてくれてるお友達って、女の子だったりしない？』

急に母から鋭角な質問を投げかけられた。

え、何を感じ取ったの？　母、エスパーなの？
驚いたものの、何とか平静さを保つ。

「変な話をするなら切りますよー」

『あーっ、ごめんごめん！　怒らないで！』

「別に怒ってはいないけど……完治したら連絡してください」

母の『はぁい』という気の抜ける返事を聞いて、俺は通話を終えた。

ふぅ……と、ため息が出る。


実家に戻れるだろうかと思ったのだが、土台、無理だったようだ。

まさか、あちらが感染していようとは……

あの様子ならば、そこまで心配はしなくてもいいだろうか。

心配には決まっているのだが、感染するのが嫌だからと俺の帰宅を拒否した親である。そこまで心配してやらなくてもいいだろう。

というか、心配したところで、できることはやはりない。

またあちらから何か連絡がきてから考えよう……

……結局、星川の家で世話になるしかないようだ。

妹と水入らずで生活させてやりたかったんだけどな。

でも……星川との同居生活を続けるための免罪符《めんざいふ》——『ここから出ていけない理由』が得られて、ホッとしている自分もいる。

星川には幸せな時間を過ごして欲しい。

なのに、その時間の中に俺もいることを望んでしまう。


「……迷惑をかけなければ、いいよな」


星川と真悠ちゃん、二人の迷惑にならなければ。

邪魔しなければ。不快感を与えなければ。

不幸にしなければ。


それなら……俺も、ここでの生活を楽しんだっていいよな？

⬅

母との電話が終わり部屋を出ると、リビングには星川が一人でいた。


「あれ、真悠ちゃんは？」

「私の部屋で、いま友達とＲｏｏｍ《ルーム》中だよ。あ、吉野くんのことは友達にも話さないように言ってあるから安心してね」

「ああ、ありがとう……でも、真悠ちゃんにはなんて言って？」

「おうちに帰れない人がいるって話したら、お友達が悲しむでしょう？　って」

「ああ、なるほど！」


星川の返答に、素で感心した。

確かにその言い方ならば、真悠ちゃんはなんの疑問も抱かずに受け入れるだろう。天才か。


「吉野くん、何かあった？」

「え……なんで？」

「なんだか元気ない気がしたから」


星川が俺を気遣うようにそう言った。

普通にしていたつもりだったのだが……顔に出ていたのだろうか。

「えっと、実は――」

心配そうに見てくる星川に、俺は先ほどの電話の内容を伝えることにした。
母が例のウイルスに感染したこと。
その病状自体は、本人曰《いわ》く軽症でかつ治りかけであること。
しかしそのような事情もあり、やはり当分は実家に帰れないと判明したこと。

「それは、元気もなくなるよね」
「うん……まあ、な……」

なんとも覇気《はき》のない返事をしてしまった。
星川には不要な心配をかけたくなかったのに……甘えが出てしまったようだ。

そのことを後悔しかけた瞬間のこと。
正面から、とん、と胸の辺りに軽い衝撃が身体に当たる。

星川に抱きしめられていた。

「ほ、星川？　あの――」

「つらかったら、なんでも話してね」

キュッと背中に回された細い腕に力が込められる。

そのおかげだろうか。急に安堵《あんど》感が押し寄せてきた。

「私でよければ一緒に受け止めるから。なんでも話して」

「……いいのか？」

「もちろんだよ」

「重くない……？」

「全然、重くない。不安だったら不安だって言っていいし……それに……」

「？」

「……吉野くんだって、私に甘えていいって言ってくれたじゃない。だから、吉野くんは遠慮しなくていいの。これっぽっちも、ね？」

抱きついた俺の胸元《むなもと》で顔を上げて、星川がふわりと微笑んだ。

その優しい笑顔が、俺をいつもより素直にさせてくれた。


「星川……あのさ」

「うん。何?」

「俺、最低なんだけど……実家に帰ってくるなって言われて、ちょっと、よかったなって思っちゃってさ」


自分が抱いた不謹慎《ふきんしん》な考え。

それを俺は懺悔《ざんげ》するような気持ちで星川に呟いた。


「……うん。そっか」

「母親には、もちろんちゃんと治って欲しいんだ。でも……さっきも言ったけど、俺、星川と一緒に暮らしたいんだと思う」

「一生暮らそう」

「え?」

「あっ、一緒、一緒にって言ったの」

「そ、そっか」

一生って聞こえた気がしたんだけど……俺の願望だったのかな。

それはともかく、星川が聞いてくれたおかげだろうか。

なんだかちょっと心が軽くなった気がした。


「ありがとう、星川」

「どういたしまして。お返しに、甘えさせてくれてもいいよ?」

「えっと……?」


……甘えさせるって、どうしたらいいんだ?


星川は俺に抱きついたまま、目を爛々《らんらん》とさせている。明らかに俺を誘っている。

星川に抱きつかれた状態で、甘えさせる……この状態で……

考えた末、俺は星川の頭を、よしよし、と優しく撫でた。

「えっ？」と星川が狼狽える。

「えっ？」と俺は慌てる。


……しまった。不正解だったのだろうか。

と、星川は俺を見て、目をぱちくりさせた。

そのあと……顔を真っ赤《まか》にして、俺から身体を離した。


「ご、ごめん……なんか、ミスった？」

「ううん、全然。そんなことないよ、全然……ただ」

「ただ？」

「そ……想定外だった、だけ」


ぽつり、と呟く星川に、俺が今度は目をぱちくりさせる。

想定外……？　今の俺の行為が？


「あのさ、後学のために知っておきたいんだけど……星川は、一体何を想像してたんでしょうか？」

「しらない」

「え、でも――」

「しらない。おしえない。わかんない」

ぷくぅ、と星川が拗ねたように頬《ほお》を膨らませる。

まずい。怒らせてしまったのだろうか？

「あのさ、星川」

「わかんない」

「怒ってる……？」

「怒ってないよ」

「でも、様子が……」

「っ、恥ずかしかったの！」

珍しく強めに言った星川は、ちょっと涙目で俺を見た。

それから、チラッと視線をよこして、

「……抱きしめ返してくるのかなって思ってたから」

「え……――あっ！　ご、ごめん？」

「しらない」

フイッと星川は俺から顔を背《そむ》けた。

けれど、横目で俺を見つつ、

「……でも、撫でてくれたのも、嬉しかったよ？」

そう一言残して、星川は自分の部屋へと行ってしまう。

去り際の彼女の口元には、はにかむような笑みが浮かんでいた。

ぱたん、と閉じた扉を前に、俺は脱力する。

「わ――わかんねえ……」

星川が想像していたこと……答えを言われてから理解するまで、しばらく考えてしまった。

星川が怒っているのかどうなのか、嬉しかったと言われるまで判別できなかった。

それでも分かったことといえば、星川のほうが俺よりずっと上手《うわて》だということ。

そして、自分で思っていたよりも、俺は鈍いのかもしれないということだ。

とりあえず、星川が本当に怒っていないようでよかった。

あと、星川の拗《す》ねたような反応……正直かわいかったです。

遥の非公開ダイアリー③

真悠《まゆ》が加わって、三人での同居生活が始まった。

吉野《よしの》くんが気を遣ってくれているのが分かる。
実家に帰れないか、お母様に電話して訊《き》いたようだ。
そんなこと、しなくてもよかったのに……真面目《まじめ》なんだよね。

結局ご家族の様子が分かったことはよかったけれど……でも、お母様が感染してしまったというのは心配だ。
吉野くんを生んで育ててくれたお母様……お会いしたことはないけれど、とても感謝しているのだ。だから私としても、早く完治してお元気になっていただきたい。

そして、心配している吉野くんを元気づけたい。

……とはいえ、先ほどのリビングでは失敗した。

吉野くんの行動に、あんなに動揺してしまうなんて。

身構えていなかったところを触れられたからだろうか。

吉野くんからの行動に対し、私はどうも敏感というか、耐性がなさすぎる気がする。

気をつけていないと、頭が真っ白になっちゃうかも。

というか、頭で考えているから、フリーズしてしまうのかもしれない。

もっと素直に……思うままに反応できたらいいのに……

……たとえば、妹の真悠みたいに。

⬅

「お姉ちゃん、何かあった？」

部屋に入ると、デスクに向かっていた真悠が私の顔を見るなりそう尋ねてきた。

彼女の手元のタブレットには、Ｒｏｏｍの画面が映っている。

小学校の友達と会話していたはずなのだが、向こう側には人の姿がなかった。ちょうど今は休憩中なのかもしれない。

だから、吉野くんとの会話は聞かれていないはずなのだが……

「え？　ど、どうして？」

「なんとなく？　嬉《うれ》しそうだけど、苦しそう？」

「え、えー……なんだろう？　お、おやつ食べすぎたかなぁ？」

じーっと真悠が見つめてくる。

まさか嘘《うそ》だって気づいてはいない……よね？

「お姉ちゃんは、そんなに食べてなかったと思う」

「そ、そうかな？」

「でも、叶多《かなた》くんよりは食べてた」

「あ、あはは……そっか……」


よく見てるなぁ、と苦笑してしまう。

確かに叶多くんは、遠慮《えんりょ》してほとんど食べてなかったんだよね。

「お姉ちゃん、お腹《なか》が苦しいの？　大丈夫？」

「だ、だだ、大丈夫、大丈夫！　本当に、ちょっとだから。少ししたら治ると思う！」

「そっか。よかった」


真悠がホッとしたように笑った。

その時、ちょうど友達が画面の向こうに戻ってきたらしい。

私は、邪魔にならないようにベッドに腰かける。

恥ずかしくて逃げ込んでしまったけれど、少し頭を冷やしたら、真悠の会話の邪魔をしないようにリビングに出よう。

落ち着いたら、きっと吉野くんに会っても大丈夫。
ドキドキしすぎて、気持ちを表す言葉が出てこなくて、それに焦《あせ》って駄々っ子みたいな態度を取ったりしない……はず。

「真悠ね、お姉ちゃん大好きなんだ」

聞こえてきた言葉に、ドキッとした。

反射的に真悠のほうを見ると、タブレットの画面に向かって話している。
どうやら私に言ったわけではないらしい。でも、友達相手に、一体なんの話をしているんだろう。嬉しいから、なんの話でもいいのだけれど。

いいなぁ、と思う。

妹の長所。
好きなんだって、ハッキリ言えるところ。

考え過ぎて紆余曲折《うよきょくせつ》してしまう私とは違う、素直でまっすぐなところ。

吉野くんを『叶多くん』って呼べるところも、ちょっと羨《うらや》ましい。

私だって、そう呼びたい。

でも、ここまで『吉野くん』って呼んできた私が、急に下の名前で呼ぶようになったら変に思われちゃうだろうし……うん。保留かな。

いつか名前で呼べる時が来るといいな、なんて……

その前に……吉野くん、さっきの件《けん》、怒ってないよ、ね？

明日、ちゃんと謝らなきゃ……素直に話さなきゃ。


……もしも。


もしも、私が真悠みたいだったら。

素直に、正直に、余計なことには拘《こだわ》らず、ハッキリと言える子だったら。

吉野くんとのこの同居生活のことも、隠したりしないのだろうか？

みんなに向かって堂々と「一緒に住んでるんだ」って言えたりするのだろうか？

第三話　三人での同居とそれぞれの授業

真悠《まゆ》ちゃんがやって来て、初めての週明けを迎えた。

生活に一人増えたので、朝は洗面所なども混むだろう。

そう思い、普段よりも少し早めに起きてみたのだが……

「あ。吉野《よしの》くん、おはよう」

「叶多《かなた》くん、おはようございます」

洗面所で、星川《ほしかわ》と真悠ちゃんとバッタリ遭遇してしまった。

時間を間違えただろうか？　と思ったのだが、どうやら全員が同じことを考えた結果のようだった。

「混まないようにって思ったんだけど」

When I got to remote class, I had to move in with the most beautiful girl in my class.

「みんな一緒ですね」

微笑《ほほえ》む姉妹に、思わずこちらもニッコリしてしまう。

ここは天国だろうか。

それかまだ夢の中かもしれない。

顔を洗って、ちゃんと起きていることを実感する。

夢の中で夢を見ていた、とかではないことを祈ろう。

朝食の準備は、普段よりもちょっとだけ苦労した。

すでに土日の間に理解したことだが……星川は、引き続き機械音痴のフリを続けるつもりでいるようだ。

どうも、やめるつもりはないらしい。

というか真悠ちゃんにバレないと考えているらしい。

……結構、厳しいんじゃないかと俺《おれ》は思っている。

そこで、調理などの最中はどうカバーするかが問題だった。

星川に頼まれるのを先回りして、俺が機器を使う。

レンジやトースターを使いそうな時は、星川に「温めますか？」と率先して訊《き》く。

ＩＨクッキングヒーターを使いそうなメニューの下準備を星川がしている時は、フライパンを加熱してスタンバイしておく。

結果的に、星川から機械音痴のフリをする隙《すき》を奪ってしまっている気もするが……致し方ないだろう。

二人の間の会話も少なくなってしまい残念だが、これも仕方ない、はず。

真悠ちゃんにとって、星川は憧《あこが》れの姉。

そんな姉の、ちょっと残念な姿を見せるわけにはいかないのだから。

あの残念で――最高にかわいい姿を知っているのは、俺だけでいい。

……いや、俺だけがいい。

妹相手に何を張り合っているんだという話だが、張り合いたくなるくらい星川がかわいいのだから、さもありなん、だ。

真悠ちゃんに隠したいのは、星川も同じ気持ちだと思う。

本人の考えを聞けたらいいのだが、『フリがバレないようにしようかと思って』など言ったら本末転倒だ。

なので、俺はこれが正解だと信じ、黙って実行している。

そんな風に俺が先んじて動くことに対して、今のところ特に星川からは不満もないようだ。


と、真悠ちゃんが着替えに向かい、二人きりになった時。


「吉野くん……昨日のこと、怒ってない？」

星川が唐突に尋ねてきた。

俺の反応を窺《うかが》うような、申し訳なさそうな、そんな顔をしている。

「昨日？　えーと……なんのこと？」

「その……私が吉野くんに頭を撫でてもらった時、変な反応をしちゃったこと」

「ああ、あれ。俺は別に怒ってないし……むしろ俺が星川を怒らせちゃったかなと思ったくらいで」

「え、わ、私？　本当に全然怒ってなかったよ？」

「そっか、ならよかった」

「私も、よかったぁ……」

「というか……もしかして俺、怒ってるような態度してた？」

「ううん、全然。むしろ私のほうが紛らわしい態度しちゃってたよね、ごめんね」

「いや、こっちこそ、ごめん」


そうこう話しているうちに、真悠ちゃんが制服姿で戻ってきた。


話したあとの星川は、どこかスッキリしたような表情をしていた。

昨日からずっと今の話をしたかったのかもしれない。

俺は、星川のことをかわいいと思っていただけだったのだが……とりあえず誤解が解けたならよかった。


三人で朝食を済ませたあとは、それぞれ登校よろしくリモート授業を受ける準備をする。

真悠ちゃんは星川の部屋で。

星川と俺は、リビングで。
それぞれタブレットとノートパソコンを起動し、授業の始まりを待った。

⬅

本日のリモート授業、三時間目。
この時間、担当の国語教師が体調を崩したらしく、急遽《きゅうきょ》、自習になった。
普段、教師が大きく映されているパソコン画面。
そこに今日は、生徒たちの自宅での授業風景が名簿順に小さく並んでいる。
ログアウトしたり、画面の外へエスケープすれば、すぐに分かる仕様だ。
授業が開始するまで、リモートで自習というのが、いまいちよく分からずにいた。
……画面を繋《つな》いでいる意味が、果たしてあるのだろうか?
そう思っていたのだが、俺は早々に認識を改めた。

意外なことに、ログアウトするやつもエスケープするやつもいなかったからだ。

一応、授業中だという意識をさせるためには、このオンライン状態の維持が一役買っているのかもしれない。完全にオフラインにすると、休日と変わらなくなるし。


しかし、それでも自習時間である。


通常の授業でも、監視の教師がいなければ、わりと生徒たちの授業態度が緩くなるのが常だろう。

そういう時間なのは、リモート授業であっても変わらないようだ。

他の生徒たちの私語が、いつもより目立つ。

特に、普段はＬＩＥＮでこっそりチャットを使って会話しているグループが、今日は堂々とパソコンのマイクを通して喋《しゃべ》っている。

教師の体調不良という言葉のせいだろう。

グループの雑談の中では、例のウイルスの話が持ち上がっていた。

『先生、もしかして感染したんじゃね？』

『土日の間に外に遊びに行ったりとかしたかもね』

『いや、潜伏期間もあるっていうから、土日に限らないんじゃない？』


こういう時、学校なら他の先生に聞いたり職員室の噂話《うわさ》を耳にしたりもできるだろう。だが、リモート環境だとそれは難しい。

情報が得られない代わりに、根拠のない憶測《おくそく》がよく飛び交《か》う。

けれど、その逆の情報もまた然《しか》りだ。


『うちの親戚もかかったらしい……』

『えーっ大丈夫なの？』

『治ったらしいけど、なんか大変だったたって』

『ばあちゃんが通ってた施設でクラスターが発生したとかもあったなぁ』

『えっやば。ばあちゃん大丈夫なん？』

『最近ばあちゃん行ってなかったんだって』


親の感染の件《けん》もあって、思わず聞き耳を立ててしまう。

身近なぶん、ニュースなんかで報道されるよりもリアルに感じる話だ。

だからだろう……感染してるのうちの親だけじゃないんだな、とちょっと安心してしまった。


マイクを切ればこのような音声は入らなくなる。

だが、オンにしたままの者が多いようだ。むしろ切りたくないのかもしれない。

教師がいないこの教室に似た空間を楽しんでいるのだろう。

よく喋るグループの傍《かたわ》ら、こそこそと会話する声が時々入ってくる。


『私は実家だからいいんだけど、一人暮らししてるお兄ちゃんとか、かわいそうだよ』

『ああ、今年から大学生なんだっけ？』

『そう。大学もリモート授業らしいんだけど、いつ元に戻るか分かんないから、アパート引き払って帰ってくるわけにもいかないみたいで……』

『家賃、払い損だね』

『学費も返して欲しいって言ってるよ。大学生活、楽しみにしてたのになぁ』

『こんな風になると思わなかったもんね……終わりかと思ったら、なんか延びるし』


個別チャットでやればいいのに……

そう思わないでもないが、個別にするほどの話でもないのだろう。

あるいは、個別に話すという選択肢がそもそもないということも考えられる。

オンラインゲームなんかでも全体チャットでなぜか喋ってる人がいるし、それと似たようなことなのかもしれない。


『そういえば定期試験、日程ずらすかもって他のクラスの友達から聞いたんだけど』

『ええ、本当?』

『登校させて、いつもどおりの状態でやらせたいらしい』

『そこはリモートじゃないんだ……期待してたのに』

『カンニングする気だったとか?』

『いやいや、まっさかー。ちゃんと勉強するよー』

『星川さんは、試験いつになっても平気?』


全体チャットなので、こんな風に突然話を振られることもある。

ただし、振られるのは俺ではなく、ほぼ星川だが。


「どうだろう。範囲次第かなぁ」

『とか言って、また全教科満点とか取っちゃうんでしょ。いいなー！』

『星川さん。試験、どのあたり勉強すればいけると思う？』

「そうだなぁ……私なら、英語は教科書の――」


星川は突然振られた話にもそつなく答えてゆく。

落ち着いて話すその姿は、教室で過ごしていた時と同じだ……大きく違うのは、隣に俺がいることだろうか。


そんな風に、画面の向こう側では、普段の授業とは違ったリモート空間が形成されていた。

そして、画面のこちら側――俺が授業を受けているリビングでも変化があった。


星川がなぜか、普段よりも積極的になっているのである。


現在、彼女は友人らと話しながらも、俺にピタリと密着している状態だ。

これが、いつもの授業の比ではない。

いつもは脚がくっついたり、手が触れてきたりが限度だろう。

しかし今は、少しパソコンの角度を傾ければ、俺と星川の肩がくっついているのが映り込んでしまうはず。

星川が俺の耳にわざと息を吹きかけなくても、ちょっと顔を傾ければ頰《ほお》に息がかかる。それくらいの位置に彼女がいるのだ。

問題は恐らく何人かが星川に注目していることだ。

会話をしている友人然り……星川に気のあるやつら然《しか》り……

……あ。今、悪寒《おかん》がした。

日坂《ひさか》も見てるな、これ。まずいぞ。

と、スマホが震えた。

LIEN《リエン》の通知である。

日坂からか……と思い、重い気持ちで画面を確認する。

しかし、相手は日坂ではなかった。

俺の数少ない男友達が作った、ほぼ稼働していない少人数グループチャット。そこにメッセージが投下されていた。

『星川遥《はるか》、画面越しでもかわいいな』
「……は？」
思わず声が漏《も》れてしまった。
慌てて咳《せき》ばらいをして誤魔化《ごまか》していると、また通知が入った。今度は別のやつだ。
『分かる。俺、星川だけ見てるわ』
「はぁ!?　……っくしょん」
無理矢理だが誤魔化した。
たぶん俺だとは気づかれまい。気配、薄いからな。
しかし、何なんだこいつらは……
『教室でこんなに見てたらキモがられるだろうし、いい環境になった』
『同意』

『星川のところだけ拡大できないかなー』
『叶多ならパソコンとか詳しそうだし知ってるんじゃね？』

知ってるよ。けど教えてやらねえ。
無視無視、既読スルーしてやる。何なら星川の画面を消してやるぞ。

『星川って一人暮らしなんだっけ』
『らしいな。女子たちが前にそう言ってたわ』
『住ませてもらいたい。いい匂《にお》いしそう』
『分かる。同棲《どうせい》したい』
『俺も。まあ無理だけど』

そうだった。星川って、男子からも人気があるんだよな。
俺も、ちょっと前までは、こいつらと同じだったんだよな……未《いま》だに一緒に住んでるのが信じられないし。

俺が星川と同居してるって知ったら、こいつらどういう反応するんだろう。

……まあ、十中八九、信じてもらえないかな。

信じてくれたら……全員からストレス発散用のサンドバッグにされるかもしれない。恐ろしいことだ。

っていうか、星川談義やたら長いな……ここからは未読でいいか。

読んでると変なことを書き込むかもしれないし。

『星川なら俺の隣にいるけど?』とか……

……いや、最低なマウントの取り方だな。絶対にやらねえ。

というか、星川の画面を凝視してるやつらが思ったより多いようだ。

これはちょっと、まずいかもしれない。

「……あの、星川」

「ん?　なぁに?」

俺は小声で星川に尋《たず》ねた。

星川も、口元を教科書で隠して、同じような声量で返してくる。

互いに発するのは、蚊《か》の羽音のような小さな声。

現在、それでも聞き取れてしまうほどの密着具合なのである。


つまり、凝視してる連中の視界に、俺が映り込む可能性があるということだ。


俺なので、見間違いだと思ってもらえるかもしれない。

だが、思ってもらえなかった時が大変だ。


「その……近くない……？」

「嫌だった……？」

「いや全然。まったく」

「じゃあ、このままでいいよね？」

「いいけど……なんで……」

「んー。なんでだと思う？」

「……寄りかかってると、楽だから？」

「吉野くん、国語の読解問題とか苦手じゃない？　『この時の主人公の心情を答えよ』みたいなの」

「え、なんで知ってるの」

「わたしがこうしてる理由、分からないみたいだから」

「理由……？　えっと、正解は？」

「私がこうしたいから、かな？」


声を潜めて会話を続ける。

ここまで小さい声にせずとも、マイクには入らない。

しかし俺たちには声を潜めねばならない理由が他にもある。

それは、密着しているとまずいような気がする理由でもあった。


「……その……真悠ちゃんがいるじゃん？」

「真悠も授業中だよ？」


いくつかの段階をすっ飛ばした星川の回答に、一瞬、俺の頭がフリーズした。

『この状態、見られて大丈夫？』『教育上まずいんじゃないかな』などと言おうとしたのだが、頭から全部吹き飛んだ。

「そっか……」

情けないことに、俺が続けられた言葉はそれだけだった。

真悠ちゃんは、星川の部屋で授業を受けている。

あちらは普通に教師がリモート授業を行っているので、よほどのことがなければ授業が終わるまで真悠ちゃんは部屋から出てこない。

彼女の授業時間は、俺たちの授業時間と同じだ。

星川も、それを知っている。

知っていて、俺に密着しているのだろう。

しかし、自習だからこんなに積極的なのだろうか。

思い返せば、真悠ちゃんが来てから、星川の様子が少し変わったような気がする。

……否《いな》。

気がする、ではない。

こてん、と星川が俺の肩に頭を載《の》せた。

「⁉」


俺は光の速さでパソコンの角度をずらす。

星川が画面に映り込みそうになったからだ。


「ほ、星川っ、危ないって。今のはカメラに映るよ」

「あー……あはは、ごめんんね。ちょっと気が抜けちゃったみたいで」

「いや、別に謝るようなことじゃないんだけど、バレたらまずいかなってさ」

「……まずいかな？」

「え？」


星川の声のトーンが、少し低くなった。

隣に目をやる。

思わずドキッと心臓が跳ねる。

カンスト村のご隠居デーモンさん
1
漫画 ミヤウチユウスケ
原作 西山暁之亮 キャラクター原案 TAa
試し読み14P

おお すまぬ すまぬ
遮音魔法《サイレンス》をかけとったな
にゃ!
公爵様! 大変にゃ!
また誰か耳栓を落としたのかの
ニャー
違うにゃ!
大変にゃ! とにかく来てにゃ!
公爵様!
どうした どうした 何があった?
おろ おろ

たいへんにゃ
ダダダダ
たいへんにゃ!
ハァ
ハァ
バン
神父様!
神父様!
ス…
ブルドガング
神父様!!
どうした?
ネコ娘

星川が、上目遣《うわめづか》いで俺を見ていた。

「私は、別にいいかなって」

「な、なにが?」

「バレても……っていうか」

星川の瞳《ひとみ》が、そこに宿った熱っぽい光が、俺を射抜く。

俺の心の奥を見透かすように。

臆病《おくびょう》な俺を誘うように。

星川は、至近距離でそっとささやいた。

「同棲してること、バラしちゃう?」

いいね。

——なんて、俺はそう軽い調子で言えるような人間ではない。

同棲していることをバラす。

それは、〝星川とそういう関係〟だと見られるようになるってことだ。

実際、俺たちの間には、同居しているという事実以外に深い関わりはない。

付き合ってだっていないのだ。

けれど男女が一つ屋根の下で暮らしていれば、問答無用でそういう目で見てくる人間が大勢いる。


俺としては……複雑だ。


大半のポジティブな気持ちと、ごく少量のネガティブな気持ちが入り乱れる。

俺は優越感に浸れるかもしれない。

それはきっと、周囲から分不相応《ぶんふそうおう》だなんだと言われても、お釣《つ》りがくるくらいの快感を得られるだろう。

こんなにも器量がいい女の子と一緒に住んでいるのだ。

自慢しなくたって、勝手に羨《うらや》ましがられるはずである。

さっきLIENで星川談議に花を咲かせていた連中なんかは悔《くや》しがるだろうな。

……でも、星川はどうだろう？
男を見る目がないとか、嫌なことを言われたりしないだろうか？
そもそも、星川の家族にだって秘密にしているのだ。
バラすことになれば、家族にも明かすことになる。
星川は、それでも大丈夫なのだろうか。

彼女に……迷惑をかけることにならないだろうか。

「……やめておこう」

わずかに逡巡《しゅんじゅん》したのち、俺はそう断った。
リスクが大きすぎると判断したのだ。
そもそも、なぜ星川は急にこんな過激な提案をしてきたのだろう？

「そっか」

星川は、そう一言ぽつりと呟いた。

思いのほかあっさり引き下がられて、俺は少々、肩透かしを食わされた感じになる。


「星川、どうかしたのか？」

「え？　何のこと？」

「バラしちゃう、とか珍しいことを言うなと思って」

「……ちょっと真悠を見做《みなら》おうかなって思って」


星川の言葉に、俺は首を傾げる。

真悠ちゃん？

同居をバラす話と、彼女になんの関係が？


「ちょっと頑張るね」


頭を悩ませていた俺に、星川はそう言って微笑んだ。

頑張る……何をだろう？

っていうか、真悠ちゃんを見倣うとは？

結局、答えを考えているうちに自習の授業は終わってしまった。
いずれの彼女の言葉も、その真意は分からないまま……

しかし、この授業時間から、星川が宣言どおり頑張り始めた。
……俺に対する、例の誘惑行為である。

⬅

真悠ちゃんが来てから、気づけば二週間が経過していた。

俺の母親は、ホテルでの療養《りょうよう》生活を終えて、とっくに実家に戻っているらしい。
連絡が来ないのでこちらから電話をかけたら判明した。息子的には、ちょっといい加減にして欲しいのだが、元気になったようで安心した。

さて、三人での同居中のこと。

真悠ちゃんは星川のことが大好きで、星川にベッタリだった。

俺は傍《かたわ》らでそんな二人を見ては、微笑《ほほえ》ましいな……と目を細めていた。

真悠ちゃんは、俺にも親切に接してくれた。

朝晩の挨拶《あいさつ》や礼儀を欠かさず、何か教えて欲しいことがあれば「叶多くん」と呼んで頼ってくれる。

とはいえ、俺が真悠ちゃんに教えられたのは、Wi《ワイ》-Fi《ファイ》にタブレットが繋がらなくなった時の対処法くらいだった。

その他の疑問には、星川がすべて答えていたようだ。さすがである。

そして、真悠ちゃんは、星川と同居する謎《なぞ》の男である俺のことを誰《だれ》かにバラしたりもしなかった。

俺たちの関係の良し悪しで考えてのことではなく、星川に口止めされたからだろう。

だが、それで黙っていられる人間がどれほどいるだろうか。

素直でいい子だな、と改めて思う。

三人で過ごす日々は、穏やかに過ぎてきた。

誰かが例のウイルスに感染することもなく、暮らしぶりは平和そのものだ。

……しかし、その一方。

リモート授業中に俺を誘うような星川の行動は、これまでより刺激の強いものになった。

そう変化したのは、恐らく、真悠ちゃんが来てからだと思う。

よくよく思い返してみてもそうだ。

以前の星川は、もっとスナック感覚というか、軽い調子で俺にちょっかいをかけてくることが多かった。

なんというか、探るような感じだったのだ。

俺が行為に引くようならば「冗談だよ」と言って済む程度というか……ガチで攻めてきたりはしていなかったと思う。

それに……「バラしちゃう?」なんて、言ったりはしなかった。

少し前の自習授業中に言って以来、星川はその言葉を口にしてはいない。

しかし、それに類《るい》する言動は見せている。

友人らとのリモートランチの最中に、中身がお揃《そろ》いの弁当をカメラに映そうとしたり。リモート授業中に俺のマイクが入っている時に、わざとらしく咳ばらいをしてみたり。スマホのカメラで急に自撮りツーショットを撮ったり……これはＬＩＥＮのグループチャットなんかに流れたら速攻で日坂から鬼着信がくるような匂わせ写真だ。なので、星川には決して流出しないようにと念を押しておいた。

とにかく、俺との同居をバラそうという気配が見え隠れしているのだ。

だが、そうしたところで星川になんのメリットがあると言うのだろう。ないはずだ。少なくとも俺には思いつかない。

星川が、分からない。

彼女の行動原理が、理解できない。

……。

…………。

……………嘘《うそ》だ。

俺は、知っている。

星川が俺に向けてくれている感情。
それが好意であることを——恋愛的な感情であることを、知っている。

そして……気づいていないフリをし続けている。

気づかれていない好意に、星川はアピールが足りていないと感じているのかもしれない。
『ちょっと頑張るね』というあの謎の発言は、気づかれるように頑張るという意味だったのではないだろうか。

俺に……そして、周囲にも……。

でも、そうじゃない。

星川は十分すぎるほど頑張っている。俺を誘っている。気持ちを伝えてくれている。

……足りていないのは、俺のほうなんだ。


自分なんかでは、星川に相応《ふさわ》しくない。

好かれるような人間じゃない。

そんな風に捻《ひね》くれた考え方が染みついているから、星川の好意を素直に受け止められない。

好意だと分かっているのに、あまのじゃくになってしまう。

彼女の気持ちを試すように。

もう十分、分かっているはずなのに。


それでも……示して欲しくなってしまうのだ。

本当に俺のことが好きなのかって。

本気なら、どこまでできるんだって。

最低な考え方だって、分かってるんだ。

けど、自分に自信がない俺は、求めてしまっている。

彼女がどこまで俺を誘えるのか……それを知りたいと思ってしまっている。

星川の行動は、リモート授業以外でも同様に刺激を増していた。

料理の最中、キッチンの死角で。
洗面所や手洗いなどに向かう際、すれ違う廊下《ろうか》で。
空気を換気しようとしたついでに出たベランダの隅で。

リビングにいる真悠ちゃんからは見えない位置で、星川は仕掛けてきた。

味見の一口を「あーん」とスプーンで差し出してきたり。
すれ違いざまに何もないところで躓《つまず》いて、よろめいた拍子に抱き着いてきたり。
ベランダから「ほら、いい景色だよ」と遠くを見るように言って、身体を自然に寄せる位置に誘導したり。

場所だけじゃない。

朝早くや、夜。

特に夜、真悠ちゃんは、早い時間に眠くなってしまうらしい。

お風呂《ふろ》に入って数分が経《た》つと、うとうと、ゆらゆらしだし、二十二時には就寝する。何とも健康的だ。

俺と星川の就寝時間は、それよりも遅い。

日付が変わってもしばらく起きている、なんてこともザラだ。

リモート授業になり教室までの通学時間がなくなった結果、夜、起きていられる時間が増えたのだ。自由な時間増加の恩恵は、学内の寮から登校していた俺より、星川のほうが大きいようだった。

つまり夜二十二時以降は、俺と星川、二人きりの時間だった。

その状況が、星川に誘う行為を許してしまう。

日中の制限された状況の反動のように、彼女は積極的に距離を詰めて、密な接触をしてくるのだ。

たとえば……今がそうだ。

ソファに座る俺に、星川は横から抱き着いてきている。
コアラのようなものと考えれば、わりと和やかなイメージになるかもしれない。ただかわいいだけだ。気持ち的には癒《いや》されて、ホッと力が抜けるかもしれない。
けれど、今の俺はそれとは真逆。ガチガチに力んでいる。

……だって、当たってるんだ。

ふわふわで、ぷにぷにで、あったかい母性の塊。
それが、接触を通り越して密着しているのである。
というか、押し当てられている。

これはもう偶然とか星川の無意識とかで片づけられるものではない。
いろいろな可能性を考えた結果、俺は認めることにした。

星川は、確実に、意図《いと》してこれをやっている、と。

「あの……星川」
「ん？」

星川が顔を傾けて、俺と視線を合わせる。
俺の肩の辺りから、大きな瞳が見つめてくる。
無垢《むく》なようで……それでいて妖《あや》し気《げ》な光を宿しているような瞳が。

「その、ですね……なんというか……」

当たってます。
そう一言、言うだけだ。
なのに、その一言が言えない。
喉《のど》の奥につかえたように、出てこない。

「なに？」

「あー……その……こんなにくっついてて大丈夫かなって、心配が」

「心配？　どうして？」

「そりゃ……真悠ちゃんがいるし」

「真悠なら大丈夫だよ？　もう寝てるもん。あの子、寝つきがいいし、寝たら朝まで起きないし……それに、今夜は一緒にお風呂に入ったから、はしゃぎ疲れただろうし」


浴室から姉妹の楽し気な声が漏れ聞こえていたのは、一時間ほど前のことだ。

今夜は真悠ちゃんの要請で、星川が一緒に入浴することになったのである。

それもあってか、真悠ちゃんは確かに普段より早く眠そうに目を擦《こす》りだしていた。

一度寝たら朝まで起きてこないという話も、姉の星川が言うのだから本当のことなのだろう。


加えて、星川は真悠ちゃんの目のあるところでは、こういうことをしない。

それは真悠ちゃんが来てから、ずっと守っているルールのようだった。

だから、星川には見られない自信もあるのだろう。


「吉野くんは、こうされるの、嫌？」

「いや、そうではないんだけど……」

「じゃあ、このままじゃダメ？」

「ダメじゃないけど……」

「けど？」


星川が小首を傾げて尋ねてくる。

それに対して、俺はすぐに答えることができない。


彼女の質問は、もっともだと思う。

そして、もちろん俺にだって答えはある。

真悠ちゃんの目がなければいいのかというと、そうではない理由が。

でも、それは考えてはいけない類の理由だろうと感じた。

認識した瞬間に、まずいことになる。自分が抑えられなくなる……そういう予感がしたのだ。


「……俺たちも、もう寝よう」

俺は逃げるようにソファから立ち上がった。

必然的に、星川の身体を退かせる形になってしまう。

けれど、このまま星川に煽《あお》られていたら、燻《くすぶ》っているだけの気持ちが――欲情が――きっと燃え始めてしまう。

そうなったら、俺は俺自身を止められない。

きっと、星川を怖がらせてしまう。泣かせてしまうかもしれない。

それは避けたかった。

彼女を傷つけたくない。

彼女が優しく甘えられる、そういう俺でいたい。

「……うん。分かった」

星川は、少し残念そうにそう呟いた。

彼女をその場に残したまま、俺は自分の部屋に向かう。

ベッドに身体を投げ出すように横たわって、そのままぼんやりと考える。もう寝ようと星川を促したものの、別に眠いわけではなかった。

むしろ脳から変な物質が出ているらしく、目が冴《さ》えてしまっている。身体中の神経が昂《たかぶ》っている。

星川のせいだ。

俺にしていることの意味……彼女は分かっているのだろうか。

というか、きちんと狙《ねら》ってやっているのだろうか。

誘っていると感じているのは俺の主観であって、実際は勘違いかもしれない。

同居当初に感じていたように、俺の反応を見て楽しんでいるだけなのかもしれない。

そうであって欲しい、と思ってしまう。

そうであれば、俺は星川の行動への対処について悩まなくていいのだから。

そうであれば、俺は今までどおり、気づかないフリをし続ければいいのだから。

でも、彼女が本気で誘っているのなら……鈍感なフリをし続けるのは、不誠実だ。

それに……そろそろ俺自身が耐えきれない。
星川の扇情的《せんじょうてき》な行動に、冷静な俺を維持しきれない。
このままだと、欲望を抑えきれなくなる。
彼女に情動を向けてしまう。

……どうか、間違いませんように。
星川のことを傷つけたりしない、そういう俺でい続けられますように。

遥の非公開ダイアリー④

それは、吉野《よしの》くんにソファで密着する一時間ほど前のこと。

「お風呂《ふろ》、お姉ちゃんと一緒に入りたい」

真悠《まゆ》からのそんなお願いで、私は一緒に入浴することになった。

久しぶりだ。

実家にいた時や帰省した時には、よく一緒に入っていた。

もちろん実家のお風呂場のほうが広いけれど、このマンションの浴槽も二人くらいなら入れそうだ。加えて、真悠は小学四年生にしては小柄である。二人で入ってもまだ余裕があるだろう。

「お姉ちゃん、脱《ぬ》がせてー」

「え？　自分でできるでしょう？」

「お姉ちゃんに脱がせて欲しいのー」


脱衣所に入るなりなぜか幼児退行した真悠に苦笑しつつ、脱がせてあげることにした。

先に真悠を脱がせてから、彼女が裸になったところで私も脱ぐ。

と、真悠が、じーっと私のほうを見てきた。

正確に言うと、胸元《むなもと》を……


「……えっと、真悠？　どうかした？」

「お姉ちゃん、また大きくなった？」

「あー、そう、なのかも」


言われて気づく。

確かに最近、下着から胸が零《こぼ》れそうになることがよくあった。

アンダーは変わっていないので苦しくはないのだけれど……そうか。トップが変わって、カップが上がったのかもしれない。

ああ、また新しい下着を買わなきゃ……かわいいデザインのがあればいいんだけど。サイズが上がるごとにオシャレ度が下がっていくので、ちょっと憂鬱《ゆううつ》だ。


もちろん、悪いことだけではない。


妹の、この羨望《せんぼう》の眼差《まなざ》し……

気恥《きは》ずかしいけれど、何となく誇らしくも思える。


「どうしたら、お姉ちゃんみたいに大きくなれるの？」

「真悠はなりたいの？」

「うん。だって、お姉ちゃんの身体、すっごくきれいだから」

姉の全裸をそう評する妹の視線は、決していやらしいものではない。

キラキラした瞳《ひとみ》が物語っているのは、花や蝶《ちょう》を見て「きれい」と言うのと同じような気持ち……だから、なんの羞恥心《しゅうちしん》もなく賛辞として受け取れる。

こういう無垢《むく》な妹のことをかわいいと思う。

でも、もう少ししたら、このイノセントな時間も終わるのだろう。

かつての私もそうだった……いや、もう真悠くらいの頃には、もっとあざとさも身につけていたかもしれない。


「とりあえず、身体を洗って、お風呂に入ってから話そっか」

「うん」


真悠とともに浴室へ。

洗いっこがしたいと真悠が言うので、お互いに頭や背中を洗った。


「真悠は、髪の毛やわらかいよね」

「お姉ちゃんはサラサラだね。いいなぁ」

「私は、真悠の髪、好きだよ？」

「わたし、お姉ちゃんみたいになりたい……」

そう言ってくれるのは、姉として嬉《うれ》しい。

そもそも、かわいい妹にこんな風に憧《あこが》れられて喜ばない姉などいるだろうか。


「お胸も……」


と、自分の胸を押さえて、真悠が寂《さび》し気にぽつりと呟いた。

その質問、忘れてなかったのね……


……さて、どうしたら大きくなるのか。

同性の友人たちからも訊《き》かれる質問だ。

何も変わったことはしていない。

よく特別な食べ物を口にしているのでは？　と訊かれたりもするが、普段から食べているものに偏《かたよ》りはない、はず。特別な運動やトレーニングだってしていない。


要因があるとすれば、やはり遺伝だろうか。

私の母は、純日本人だ。

スラリとしていて、パンツスタイルが似合う。胸はさほど大きくはない。

そんな母から「遥《はるか》はお父さんのほうに似たのかしらね」とよく言われていた。

曖昧《あいまい》な言い方なのは、父に似たわけでもないからだ。

だが、父の家系には、何世代か前に北欧の血が混じっていると聞いている。私の発育がいいのは、恐らくその遺伝なのだろうという話だ。

真悠と私の色素《しきそ》が全体的に薄いのも、同じ理由だろう。

だから、当然、妹の真悠にも成長の可能性はある。

しかし私と真悠とで、すでに違っていることがあった。


小学四年生の頃、私はすでに今の真悠よりも三サイズほど胸が大きかった。

母が「私よりある……」と困惑していたのを覚えている。だから、下着を買う時にも困っていたようだ。


「お姉ちゃんと違ったっていいと思うよ」

先に真悠を湯船に入れてから、私はそう答えた。

「え？」

「胸だけじゃなくて、見た目は、みんなそれぞれ違っていいんじゃないかな」

「えー、お姉ちゃんと一緒がいいな……」

「私と真悠とで見分けがつかなかったら困らない？」

「うーん……あ。叶多《かなた》くんが困るかも！」

「へっ⁉」

急に吉野くんの名前が出て、びっくりした。

動揺を落ち着かせるべく、勢いよく出したシャワーで身体についたボディーソープの泡を洗い流し、湯船の中、真悠の隣に入る。

「ええと……なんで吉野くん？」

「叶多くんがお姉ちゃんと真悠を間違えたら、『ごめんなさい』ってお姉ちゃんにすごく謝るんじゃないかなって」

「あー……なるほど。そうかもね」

確かに吉野くんなら、こちらが申し訳なくなるほど謝りそうだ。

　というか……もし見た目がよく似た別人がいたとして、吉野くんは私と間違えてしまうだろうか。そうなら、仕方がないことかもしれないけれど、とても悲しい……

「ねえ、お姉ちゃんは、叶多くんが好きなの？」
「へっ？　えっ？」

　湯船からお湯が溢《あふ》れるほど動揺してしまった。
　真悠は揺れる水面——というか、それに合わせて揺れる私の胸に「わぁ」と言って釘付けになっている。

　この子、ちょっと胸への興味が強すぎなような……いえ、それよりも……

「な、なんで……？」
「え？　だってお姉ちゃん、ずっと見てるから」
「何を？」
「叶多くんを」

えっ、見てた？
ずっと？？　自覚なかったんだけど？
っていうか、それをずっと真悠に見られてたってこと？？？

「あーははー……うん。見てたのかな」
「見てたよ。いつもじっと見てるよね？」

ハッキリと断言されてしまった。

「そ、そっか。真悠はお姉ちゃんのことをよく見てるんだね……」

笑って誤魔化《ごまか》す。
バレないように、こっそりと目で追っていたつもりだった。
まさか吉野くんにも、気づかれていたりするのだろうか？
あんなことや、こんなことや……私が、吉野くんを好きだってこと……

……いやいや。

いやいやいやいや。まさかね。

気づいていたら、たぶん吉野くんだって私に指摘してくるよね？

『星川《ほしかわ》は俺《おれ》のこと好きなの？』って訊いてくるよね？


ということは……お気づきでない？

ということはセーフ？


もっとやっても大丈夫、ということなのかもしれない？


「叶多くんも、お姉ちゃんのこと見てるよ」

「えっ⁉　ほ、本当？」

「うん。お姉ちゃんのお顔……お口？　あと、お胸もいつも見てる」


私の口？　はよく分からないが、胸なら見られていても不思議ではない。

すれ違う人が、男女問わずに視線を向けてくるからだ。

彼らは、ただ身体の中で最も目立つ部分に目を奪われているだけかもしれない。ただの反応という可能性がある。

でも、吉野くんはいつも見ていると真悠は言う。それだと話が別だ。
好きなのだろうか。私の、この胸が。
時々その大きさが煩《わずら》わしくなる、この二つの膨らみが。
それなら……

「……ありがとう、真悠。お姉ちゃん、やるわ」
「？　どういたしまして？」

湯船の中で向かい合った妹が、不思議そうに目をぱちくりさせた。

⬅

そうして私は、吉野くんに自分の身体を――胸を押し当てた。
吉野くんに、私のことを意識して欲しかったからだ。

はしたないかもしれない、という気持ちも確かにあった。

けれど、真悠の目撃証言を信じることにした。あの子は、人をよく見ている。だから吉野くんが私の胸に興味があるのは違いない。

それなら、私の行為で吉野くんから触れてくるかもしれない、と思ったのだ。


でも……吉野くんは触ってこなかった。


無理に押しつけられるのが嫌だったのかもしれない。

それか……見ているほうが好きなのかも?


……うーん。


どうしたら、吉野くんに私の気持ちを分かってもらえるんだろう。

私の身体に、手を出してもらえるんだろう。

吉野くんになら、触られてもいいのに……ううん。触って欲しいのに。

だから、いっぱい誘ってるんだもの。

でも、吉野くんは紳士的に私の誘いを躱《かわ》すだけだ。

今日も、私の誘いには乗らずに、部屋に行ってしまった。

時計を見れば、いつも寝る時間より一時間も早い。

彼の反応は、一挙手一投足、ちゃんと見ていた。嫌われたくないからだ。

胸を押し当てた時、反応に困っているようだったが、嫌がっているわけではなかった……

と思うのだけれど……


これはやはり……私が誘ってることに気づいていないのだろうか？


そうなると、どうしたらいいんだろう？

吉野くんの心に近づくには、吉野くんの心を動かすには……

第四話

背徳感の行方と仲直りの仕方

When I got to remote class, I had to move in with the most beautiful girl in my class.

金曜日の午後には、変わった出来事がよく起こる。

土日祝日に働いている人は別かもしれないが、俺たち学生にとっては翌日が休みだ。そういう意識が、普段と異なる行動をさせるのかもしれない。


さて、現在は緊急事態宣言が出ている最中だ。

今、国からは『不要不急の外出は控えるように』とのお触れが出ている。

例のウイルスの感染拡大を防止するためだ。

このお触れの結果、人々は外出を控えるようになった。

マンションの窓から外を見ても、出歩いている人はほとんどいない。

星川《ほしかわ》いわく、以前はランニングなどしている人もいたらしい。

しかし現在、日中にその姿を見ることはない。逆に、深夜の時間帯に人目を忍ぶようにして走っているランナーの姿を目撃することはあるという。

人は、明るいうちに出歩かなくなった。
土日祝日でも、それは変わらない。

同時に、直《じか》に会う相手を選ぶ傾向も見られ始めていた。
関係が自分にとって要なのか不要なのか。
それを考えるキッカケを得た結果かもしれない。

⬅

本日、金曜日。
授業が終わったあと、真悠《まゆ》ちゃんが出かけることになった。
友達の家に遊びに行くことになったというのだ。
仲のよい友達から「うちで遊んで、晩ご飯を一緒に食べよう」と誘われたらしい。

真悠ちゃんは、相手の友達とそのご家族にとって『会っても安心な相手』のようだ。家に招かれるということは、今は以前よりも信用の意味を持つ。

そういう風に真悠ちゃんが認識されていることが、俺《おれ》はちょっと嬉《うれ》しかった。

真悠ちゃんと星川のご両親は、医師だ。

今は、医療関係者を煙《けむ》たがる人もいるという。

実際どうかは別として、仕事柄、感染者に接しているイメージがあるからだろうか。医師や看護師がウイルスの運び屋になっているのでは？　と心配になってしまう人間が一定数いるようだった。

懸念《けねん》を抱いて避けたくなる気持ちは、理解できなくもない。

ウイルスは見えないものだ。

どういう風に感染するのかも、まだハッキリしていない。

そんな今、怯《おび》えから排他的になったり差別的になったりするのは、仕方がないといえば仕方がないことだ。

前線で闘ってくれている人を遠ざけるのは、個人的にどうかと思うけれど。

ただ……俺がそう思うのは、星川のご両親が、該当《がいとう》する医師だからかもしれない。

そういう医師の知り合いがいなければ、同じように避けていたかもしれない。

だからこそ、真悠ちゃんを家に招いてくれる友達の存在が、俺は嬉しいのだと思う。

信用することが難しい世の中だからこそ、誰《だれ》が本当に大切にしてくれる相手なのかが分かりやすくなったようだ。

それは、この異常な世界になったことで浮かび上がった、数少ないよかった点かもしれない。


「行ってきます！」


そう元気よく言って、真悠ちゃんは玄関から出ていった。

現在の時刻は、十五時。

帰りは夜、二十時頃を予定しているという。

「小学生が出歩くには遅いような……」

「ああ、大丈夫だよ。宮守《みやもり》さんが車で送ってくれるから」

真悠ちゃんがマンションに来た時にも送ってくれた、星川家専属の運転手さんか。それなら多少遅くなっても心配なさそうである。

「夕飯まで、ちょっと時間あるな」

「だね……どうしよっか」

星川が首を傾げながら、「うーん」と唸《うな》る。

なぜこんな反応かというと、暇《ひま》なのだ。

真悠ちゃんが来てからというもの、この放課後は三人で遊ぶ時間になっていた。テレビゲームだけじゃなく、カードゲームなんかも最近はやっている。星川と二人の時にはなかった遊びの選択肢だ。

「あ、そうだ。一緒に勉強しないか？」

「勉強？」

「テスト勉強。ほら、いつやるか分からないって話だし」

ちょっと前――リモート授業が自習になった時、クラスメイトたちがしていた話。

定期試験の日程がズレるかもしれないという話。

噂《うわさ》だしなと思っていたのだが、今日、それが事実だったと判明した。

というか、職員会議で決まったのが昨日のことらしい。

定期試験は、緊急事態宣言が解除されたあと、生徒が登校した状態で執《と》り行われるという。

宣言解除の時期は、完全に決まっているわけではない。

だが、感染状況が減少傾向であるため、このままならば今月下旬にも解除されるだろうという見通しが国から出されていた。

そのため今日のＨＲで、『試験がいつになってもいいように準備しておいてください』と担任より通達があったのである。

正確な日取りが決まっていないからと言って、それが決まった時に勉強する猶予《ゆうよ》があるとは限らない。だから、ちょっとずつ進めておいたほうがよさそうだと思ったのだ。

「吉野《よしの》くんは、偉いね。まだ半月は先の話なのに」

「いい点を取れる自信がないからさ」

「でも、数学とかいつも点数いいでしょ？」

「英語と国語が壊滅的なんだ……」

「な、なるほど」

「星川はいつも全部いいよな。でも、家で勉強してるところ、見たことないかも」

「自分の部屋の中でしてるかもよ？」

「あ、そうか」


頭のいい星川は、勉強しなくてもいい成績が取れるのかと思っていた。

けれど、俺を始めとした周囲の人間が認識していないだけで、人知れず努力をしているのかもしれない。

すっかりそう思い込んでいたのだが……


「……反省した」

「え？　反省？」

「星川が努力してるって、考えもしなかった自分を……反省した」

「…………ふふっ」


突然、星川が笑い始めた。

何かおかしなことを言っただろうか？

そんな俺の疑問が顔に出ていたのかもしれない。


「笑って、ごめんね。そんな風に反省されたことなかったから」


星川がそう説明してくれた。

俺の発言がおかしかったわけではないらしい。よかった。


「吉野くん、本当、真面目《まじめ》なんだなって」

「まさか星川に言われるとは……」

「私、吉野くんが思うほど真面目じゃないかもよ？　それに、吉野くんが思うような努力、実は全然してないかもしれないし」

「えっ……そ、そっか」

元々の頭のよさだけで成績がいい可能性も、当然あるわけだ。

彼女の全体的な成績のよさに後天的な要因が影響しているのなら、自分も活かせるかと思ったのだが……


「見てみる？」

「え」

「最初にうちに来た時に入って以来だよね？」


一瞬、なんのことか分からなかった。

ポカンとしていた俺に、星川が視線で答えを教えてくれた。

「私の部屋。いい成績の秘密があるかもしれないよ？」

「えっ。あるのか？」

「さあ、どうかな？　私にとっては普通だけど、吉野くんが見たら何か成績の秘密に繋《つな》がるものがあるかもしれないね」


星川がいたずらっぽく言った。

……伸《の》るべきか、反《そ》るべきか。
星川の表情から、怪しいものを感じる。
何か企《たくら》んでいるのかもしれない。
しかし、もし何か秘密があるのなら知りたい。
学年首席の部屋を見せてもらう機会なんて、なかなかないことだし。

成績のために入るだけだから……

この時のことを、あとあと俺は思い返すことになる。
最後に俺の背を押したのは、果たして俺の意思だったのだろうか、と。

⬅

「どうぞ」

星川に促されて、彼女の部屋に入る。

窓にカーテンは引かれていなかったが、外が曇り空だからだろうか。電気のついていない室内は薄暗い。

夏至《げし》へと向かってゆくこの時期、日没はまだ先である。

どうせ二人ともリビングにすぐ戻るのだ。わざわざ電気をつけるような時間でもない、か……

しかし、緊張する。

前にも入ったことはあるが、やはり息をするだけで眩暈《めまい》がする甘くて優しい香り——星川の匂《にお》いが、この空間には満ちているから。

……正気を保つのが精いっぱいだ。

「好きに見ていいよ」

「あ、ああ、ありがとう」

部屋全体を観察するような余裕はない。

俺はデスクと本棚に目を向けた。勉強に関するヒントがあれば、ここだろう。そうとしか今は考えられなかった。というか、考える余裕もやはりない。

とはいえ、デスク回りは整理整頓されていて、物が少ない。

本棚には本が並んでいる。しかし、いずれも娯楽《ごらく》小説の類《たぐい》で、勉強法や問題集といった存在は見当たらなかった。小説のジャンルや作家などにも、特に偏りは見当たらない。作家も様々だし、恐らく出版された年代も様々だろう。

机の上はシンプルに、そしていろいろな本……これが、星川の頭のよさの秘訣《ひけつ》なのだろうか?

「何か分かった?」

「うわっ」

背後から声をかけられ、思わず跳び上がってしまった。

振り返ると、星川が目をぱちくりさせている。

「ご、ごめん、びっくりしすぎた」

「ううん。急に声をかけて、こっちこそごめんね」

「いや……というか、全然分からない。星川は――」

「私も分からないや」

「だよな」

　そもそも星川自身には何かあっても分からないので俺に確認して欲しい、という話から入室させてもらったのだ。彼女に訊《き》くのは無意味である。

「うーん……眺め続けていたところで、何かひらめくようなこともなさそうだなぁ」

「そっか。残念」

「やっぱり地道に勉強するしかない……ってことで、勉強するかな。じゃあ、着替えてからリビングで」

「私の部屋でもいいよ？」

「え？　そ、それはちょっと」

　気を取られて集中できなくなりそうだ。

　というか、星川の部屋に入ったことで、出てからも余韻《よいん》に引きずられてしまいそうである。

　勉強しようと提案した側だというのに情けない……

そう思っていた時だ。


「吉野くん、私、着替えようと思うんだけど」

「えっ⁉　今⁉」

「うん」

「ま、待って部屋出るから――」

「出ないで」

慌てて出ていこうとしたのだが、星川に制服の裾《すそ》を掴《つか》まれ引き留められた。

反射的に従い、足を止めてしまう。

「出ないでって、なんで……？　着替えるんだよな？」

着替えるなら俺は邪魔《じゃま》なはずだ。

そう考えていた俺に、彼女はとんでもないことを言った。

「脱ぎ方、わかんないの」

「は……？」

「制服」

一瞬、己《おのれ》の耳を疑った。

しかし、思い返してみても確かに聞こえていたようだ。

彼女は　制服の　脱ぎ方　が　分からない　……

「……いや。いやいやいやいや……だ、だってその制服、毎日着てるやつだし」

「わすれちゃった」

「そんな馬鹿《ばか》な」

「わすれちゃったんだもん」

「本当に？」

「ほんとうに」

押し切るように星川は言った。

知っている。

とぼけているのは、いつものこと。

脱げないフリ。忘れちゃったフリ。いつもよりちょっと強引《ごういん》だが、彼女はいつもどおりだ。

じゃあ、いつもどおりなら、きっとこのあと彼女は俺に言うのだろう。分からないことを「教えて？」と、まるでねだるように――


「吉野くん……脱がせて？」


予想どおり、星川は俺を誘ってきた。

妖《あや》しく光る瞳《ひとみ》が、俺の意識を絡《から》めとろうとする。

桜色の艶《つや》めいた唇が、俺の理性を惑わす言葉を紡《つむ》ぐ。

言えるものなら、言いたい。言ってしまいたい。

先月、彼女からマスク越しにキスをされた時にハッキリと自覚したことを。

俺は、星川のことが好きなんだってことを。


でも、言えずにいる。

勇気がないからだ。拒絶が怖いから、自分から近づけない。心を晒《さら》すことができない。

そしてそれは、言った時の星川の反応が怖いというだけではない。


たぶん……いや、きっと……星川も、俺のことが好きなんじゃないかと思う。


以前は、そんなわけあるかよって思ってた。

恐れ多すぎる考えだって、思い浮かぶたびに棄却《ききゃく》していた。


クラス一の美少女——世の中を知らない俺が、認識している世界の範囲である教室の中で一番かわいいと思っていた美少女。

才色兼備《さいしょくけんび》で、男女学年問わず皆が憧《あこが》れているような女の子。

そんな高嶺《たかね》の花のような彼女が、授業中に教師が当てることすら忘れるほど気配が薄くて地味な俺に好意を抱いてくれてるなんて、思えるわけがなかった。むしろそう思えていたら、自意識過剰が過ぎるというものだろう。

俺は、そこまで自分に自信を持てる人間ではなかった。

いや……今だってそうだ。
こんな風に、星川が無知なフリをして、俺を誘ってきている姿を前にしても。心のどこかではちゃんと気づいていても。理性が『あり得ないだろ』と主張してくるのだ。
星川は俺を弄《いじ》って遊んでるだけなんじゃないかって……星川がそんな子じゃないって、理解しているはずなのに。

そういう自分に、腹が立つ。
そして、そんな臆病《おくびょう》な俺を煽《あお》る星川に対しても、苛立《いらだ》ってしまう。
難しい選択を迫られているような、そんな被害妄想を抱いてしまうのだ。

……それが、ただの八つ当たりだと、分かっているのに。

「吉野くん……？」

潤《うる》んだ瞳。

ちょっとだけ開いた桜色の唇が俺の名前を呟く。

制服を脱がせて欲しい、と艶めかしくささやく。

自分で脱げるはずなのに、敢《あ》えて俺にやらせようとする。脱がせて欲しい、とねだってくる。

気づいた時、俺は星川の前に立っていた。


「えっ……あれっ……?」


急に距離を詰めたからだろう。

星川が慌てている。

慌てた拍子《ひょうし》に、彼女は後ずさった。


「あっ……」


星川が声を上げた。

すぐ背後には壁があって、彼女を追い詰めるような形になってしまったのだ。

だが、そんな星川に追い打ちをかけるように、俺は壁に――彼女が逃げられないように――強く両手をついた。

その瞬間、ビクッと星川が身体を震わせる。

「よ、吉野くん、あの――」

「そうやって俺を誘って……星川はどうしたいんだよ」

星川を問いただす自分の声が低い。

身体が力んでいるせいか、喉《のど》が渇く。

俺はなぜか、どこか他人事のように己《おのれ》を見ていた。

否《いな》、他人事のように見ていたから、こんなことができたのかもしれない。

「私、は……私は、吉野くんに……」

頬《ほお》を赤らめた星川が、喘《あえ》ぐように声を漏《も》らす。

瞳が揺らいでいる。

唇が震えている。

言葉に迷っているようにも、怯えているようにも見える。

「俺が星川のこと、めちゃくちゃにするとか思わないのか？」

星川の言葉を待たずに、俺はそう問いを重ねた。

可能性の話だ。

俺の理性のタガが外れてしまう可能性。それは、ゼロではない。

星川が誘っていると気づいて、けれど誘いに乗らなかった……それは俺が臆病で、自信がなくて、星川に手を出していい人間ではないという思いが強かったからだ。

俺なんかが触れて汚してはいけない。

傷つけてはいけない。

そう思っていたから理性が働き、抑制が利《き》いただけなのだ。

「俺は、星川が思うほど出来たやつじゃないんだ」

人並みに欲情だってする。

性欲だって表に出さないようにしているだけで、ないわけじゃない。

星川の肌に触れたいと思うし、脱がせたいと思うし、このまま覆《おお》いかぶさって――キスしたいとも思う。

思うけど、やらない。

一度やってしまったら、たぶんもう止められなくなるだろうから。


「……だから、煽りすぎないでくれ」


喉《のど》からそう声を絞り出し、俺は身体を引いた。

星川を壁に縫い付けようとしていた手を退《ど》け、距離を取る。

星川は、黙っていた。

壁に背を預けて立ち尽くしたまま、俺を見つめている。

彼女に、何か、声をかけなければいけないような気がした。この重苦しく淀んでしまった空気を元に戻すような言葉を。

けれど、見つからない。

「ごめん……」

唯一、口をついたのは、そんな素っ気《そけ》ない謝罪だった。

フォローにも何にもならない無力な言葉を残して……そうして俺は、星川の部屋を出たのだった。

リビングを抜け、自分の部屋に逃げ込むように入ったあと、ふらりとベッドに倒れ込んだ。

布団《ふとん》に顔を埋めたまま、しばらく人形か何かのように動かなくなる。

そうして俺は、ぽつり、とおもむろに呟いた。

「……最低だ」

思い返して、消えてしまいたくなった。

あんなの、襲うのと変わらない。

力任せに威圧《いあつ》して、自由と退路を奪うようにして、怯《おび》えさせた。

怖がらせた。

あの星川を。この俺が……


……後悔で、心が空っぽになったような虚無感に襲われる。


壁ドンとやらは暴力だと、ネットのどこかで見かけたことがある。

確かにそうかもしれない。相手を驚かせて委縮《いしゅく》させるかもしれない、力任せの威圧行為に他ならない。

もし俺が体格差のある男にやられたら……いじめかカツアゲかだろう。

もし俺が日坂《ひさか》にやられたら……いじめかカツアゲかだろう。

どっちも犯罪だ。

そして俺はいま、星川にそういうことをやってしまった。

殴ってこいよ、と煽られて殴ったら、殴った側が悪いらしい。

煽り運転をされたからと、わざとぶつけにいったら、ぶつけた側が捕まるらしい。

この国の法律では、そうなっている。

だったら、今の俺だって同じだろう。

星川に積極的に誘われて、それでも手を出せない自分に対する苛立ちを彼女にぶつけてしまったのだから。


このままベッドに沈むようにして埋まってしまえばいいのに……


自己嫌悪に苛《さいな》まれながら、俺はそのまま一晩、部屋に籠《こも》り続けた。

星川に謝らないと……そう思いつつ、彼女の元へ向かうことができなかったのである。


一晩の籠城《ろうじょう》は、翌朝には解除された。

というのも、人間は断食《だんじき》ができても排泄《はいせつ》を我慢できない。

それに、真悠ちゃんがいる。

星川と俺との間で生じた変な空気に、なんの罪もない無垢《むく》な小学生を巻き込むわけにはいかない。気を遣わせてはならない。

そう思い、土曜の朝、部屋を出たのだが、

「あ、叶多《かなた》くん、おはよう！」


リビングで、まだパジャマ姿の真悠ちゃんに会った。

ちょうど洗面所で顔を洗ってきたところらしい。俺より早起きで偉い。尊敬する。


「おはよう、真悠ちゃん」

「叶多くん、夜、具合悪かったの？」


昨晩、友人宅から帰宅した真悠ちゃんは、俺と会わなかった。

部屋に引き籠っていた理由が気になっているようだ。

星川も……真悠ちゃんに本当のことは言えなかっただろう。


「あー、うん。ちょっとね」

「大丈夫……？」

本気で心配された。

謎《なぞ》のウイルスに世間が怯えている状況なのだ。具合が悪い人がいれば、そのウイルスの感染をまず疑うだろう。

特に真悠ちゃんは、一度、姉の星川が感染を疑われて検査入院したのを知っている。

だから、俺のことも心配したのだろう。


「大丈夫だよ。もう元気だから」

「本当……？」

「ああ」

「……あのね、叶多くん。お姉ちゃん、元気ないの」

「え……」

「病気じゃないから平気って言うんだけど、でも、何だか苦しそうで……真悠、心配で……」

項垂《うなだ》れる真悠ちゃんに、かける言葉が見つからない。

星川の不調は、きっと俺のせいだろうから。

「叶多くん、どうしたらいいかな……真悠、お姉ちゃんに何をしてあげたらいい？」

真悠ちゃんにそう切に尋《たず》ねられた時、星川の部屋の扉が開いた。

中から、星川が顔を出す。

すでにパジャマからルームウェアへと着替えを済ませたあとのようだ。

「……真悠？」

「あっ、お姉ちゃん！　大丈夫？」

真悠ちゃんが、たっ、と星川に駆け寄った。

確かに少し顔色がよくない。

だが、病気になっているというより、疲労が滲《にじ》んでいるような感じだ。

「うん。別に平気だよ……あ」

星川と目が合った。

瞬間、不安そうに彼女の瞳が揺れる。


「っ、あの、星川――」

「昨日はごめんなさい」

「えっ、いや、俺が悪かったんであって、星川は悪くないから」

「ううん。私がいけなかったの」

「いや――」

「二人とも、喧嘩《けんか》したの？」


真悠ちゃんの言葉に、はた、と俺は言葉を途切れさせた。

しまった……謝らないと、と思う気持ちが逸《はや》ってしまった。無関係な真悠ちゃんのいないところで、改めて星川に声をかけるべきだったのだろう。

星川も、真悠ちゃんの反応に気まずそうな顔になっている。

だが、彼女は妹に気を遣わせまいと、すぐにその表情を笑顔に切り替えた。

「そ、そんなことないよ？　ねえ、吉野くん？」

「ああ、うん、全然してないよ喧嘩なんて。なあ、星川？」

「……本当かなぁ？」


俺と星川の顔を交互に見て、真悠ちゃんは疑わしそうに目を細める。

それから彼女は、じっと星川の顔を見つめた。


星川はそんな真悠ちゃんに対し、ニッコリと笑顔になる。

しかし……頬が引きつっている。

嘘《うそ》をついているのがバレバレだ。


「お姉ちゃん、真悠に嘘ついてない？」

「つ、つつ、ついてないよ？　嘘なんてそんにゃこちょにゃ」


噛《か》んだ。めちゃくちゃ噛んだ。

目も三百六十度に視線をギュルンギュルン飛ばしている。

……動揺しすぎである。

こんな隠す気があるのかすら疑わしくなる嘘のつき方で、誤魔化《ごまか》せるわけがない。

「ふーん……それならいいんだけど」

真悠ちゃんは、わりとすんなり星川の言葉に引き下がった。

その様子に、俺もホッと胸を撫で下ろす。

これは俺と星川の問題で、真悠ちゃんに気を揉《も》ませることではない。

でも、星川の嘘は真悠ちゃんにバレている気がする。

そして、今の簡単な謝罪でチャラになったかというと、そんなことは決してないだろう。

俺に対する星川が普段どおりでないことが——距離を取っていることが——俺たちの現状を表している。

……もう一度、ちゃんとした形で星川に謝らないと。

⬅

ぎこちない空気を漂わせたまま、俺たちは土曜日を過ごすことになった。

俺は、改めて星川に謝ろうとした。

料理の最中、星川と二人きりになる瞬間があったからだ。

しかし、星川は俺と目を合わせず、静かにそれを制した。

——「吉野くんは悪くない。私のせいなんだもの。だから、謝らないで」と。

そんなわけはない。

確かに、俺は星川に苛立ちをぶつけた。

煽りすぎないでくれと言い、星川を拒絶するような態度を取った。

だが、それは、星川の行為を嫌悪したからではないのだ。

星川の誘うような行為。

手を伸ばさせようとする、甘く優しいささやき。

あれが、むしろ俺にとって堪《たま》らないものだったからこそ、あの時の俺は彼女を止めようとしたのだ。

そうしなければ、自分の欲望のままに彼女に触れてしまいそうだったから。

暴走しそうになる自分を制御しきれず、俺は柄にもなく感情を荒ぶらせてしまった。

だから、星川は悪くない。

悪いのは、自分を御しきれなかった俺なんだ。

そう伝えようとしたものの、焦《あせ》っては空回りするばかりで……気づけば、あっという間に一日が終わろうとしていた。


現在、夜の二十二時。


この時間になっても、俺は星川とまともに話せていなかった。

元々、俺は話し上手なほうではない、というのは言い訳でしかないのだが……誰かと関係がこじれた時に修復を試みた経験が皆無《かいむ》だったからだろうか。

……星川にどう話をしたものか、見当がつかない。

これまでは、誰かとこじれても距離を取ればよかった。
離れてしまえば、ぶつかることはない。
ぶつからない距離を保っていればいい。
そのうち……関係すらも消えてなくなるから。

……でも、そんな過去の経験と今を同じにしたくなかった。

俺は、星川との関係を失いたくない。
この同居以前のような、遠くから眺めるのが精いっぱいの距離に、戻りたくない。

だから、どうにかしなければと思った。
誤りが解けないほど、複雑に絡まってしまう前に。
つけてしまった傷が、膿《う》んでしまう前に。
彼女の瞳の中に、俺がまったく映らなくなってしまう前に。
俺の手がまるで届かなくなるほど遠くへと離れていってしまう前に。

星川ときちんと話をしよう……と、腹を決めていたのだが。

◆

「叶多くん。こっちに来て」

風呂《ふろ》上がり、俺がリビングに足を踏み入れた時だった。

待っていたとばかりに、真悠ちゃんが仁王立ちでそう言った。

こっち――ソファを指差している。どうやらそこに座れということらしい。

普段なら真悠ちゃんは眠っている時間帯だ。

だというのに、彼女は起きていた。

眠いのだろう。目がちょっと据わっている。

しかし、彼女がこうまでして起きているのには――俺を待ち構えていたのには――理由があった。

真悠ちゃんが指し示したリビングのソファには先客がいた。

星川である。

どうやら彼女も状況が呑《の》み込《こ》めていないらしい。妹の様子に困惑顔だ。

「えっと、真悠ちゃん……？」

「叶多くん、お姉ちゃんの横に座って」

「あ……はい……」

言われるままソファに向かう。

星川と一日ぶりに視線を交わして、隣に座った。

彼女と目が合ったことに本気でホッとしながら……

……それにしても、これは一体？

「二人とも、真悠が何を言いたいか、分かる？」

据わった目のまま、腰に手を当てて、真悠ちゃんが言った。

何だか、普段の彼女とちぐはぐな印象だ。

もしかしたら、誰かが怒っている時の真似をしているのかもしれない。

「分かる?」

黙っていたら、真悠ちゃんに再び尋ねられた。
思わず助けを請《こ》うように隣の星川を見てしまう。
しかし、その星川も俺と同じ気持ちだったようだ。彼女は難問でも前にしているような顔で、首を小さく横に振った。

「わ……分かりません」

恐る恐る答えると、真悠ちゃんは「ふんっ」とわざとらしく鼻を鳴らした。
星川が隣で「お母さんみたい……」と零《こぼ》す。
真悠ちゃんは耳ざとくそんな姉の呟きを拾《ひろ》う。

「お母さんの真似《まね》じゃないもん! 真悠、怒ってるんだから!」
「ええと……真悠はどうして怒ってるの?」

「それを考えなさいって真悠は言ってるの！」

「お母さんだ……」

星川が「うわ……」と、どこかゲンナリした様子で言った。

この真悠ちゃんの言動、何やら星川姉妹のお母さんの怒り方らしい。普段の彼女とちぐはぐな印象なのは、お母さんの口調になっているからだろうか。

真似《まね》かどうかはこの際、置いておくとして……真悠ちゃんはどうも怒っているらしかった。

理由は恐らく、俺と星川の急な不仲についてだろう。

罵倒し合ったりしているわけではないが、俺たちは静かに距離を取っていたから。

くっついていたぶん少しでも距離を取れば、その違和感はより大きなものになる。俺たちが身体を密着させている現場を見られたことはないはずだが、日常の何気ない会話などからも違和感は認識されるだろう。

朝、星川の誤魔化しに納得したように返答していた彼女だが、あれから今日一日ずっと俺たちの様子を観察していたのかもしれない。

「あの、真悠ちゃん……」

「なんですか、叶多くん。真悠が怒っている理由、分かりましたか？」

「俺と星川が……その……喧嘩、したから？」


正解かどうかを探るように、俺は答えた。

すると、真悠ちゃんが首を激しく縦に振った。

小鹿のように細い首なので、頭がもげてしまわないかと心配になる。


「そう！　その通りです！　真悠は二人の喧嘩に怒ってるの！」

「な、なるほど？」

「あとお姉ちゃん！」

「ひゃいっ⁉」


突然、矛先《ほこさき》を向けられて、星川がビクッとソファの上で跳ねた。

「わ、私？　何？」

「喧嘩してないって、朝、真悠に言ったよね？　嘘をついちゃダメでしょう？」

「ご、ごめんなさい……」

仁王立ちで説教する真悠ちゃんに、星川がしゅんとした。

どちらが姉か分からない状況である。

「じゃあ、喧嘩しちゃった二人はどうするの？」

「……謝る？」

俺の回答に、出題者の真悠ちゃんは首をぶんぶんと横に振った。

「それはもう朝にしてたでしょ。違います」

「そ、それじゃ……仲直り、とか？」

星川と目配《めくば》せし合いながら、代表して俺が回答する。

すると、真悠ちゃんは満足げに頷《うなず》いた。

「そうだね。仲直りしたほうがいいとお母さ――真悠は思うな」

今お母さんって言いかけた気がするが……突っ込まないでおこう。

年上の俺たちをきちんと叱《しか》ってくれた彼女、その背伸びに何か言うのは野暮《やぼ》というものだ。

それより仲直りとは言っても、何をどうすればいいのだろう。

お互いに謝罪し合えばいいというわけでもなさそうだが、何をもってして仲直りなどと
――

「……まさか」

何か思い当たる節があるのか、星川が表情を強張《こわば》らせた。

慌てて真悠ちゃんに話しかける。

「ま、真悠。お姉ちゃんと吉野くんは、もう大人だから、ちゃんと仲直りできる――」

「今夜は二人で寝てください」

星川の言葉を遮《さえぎ》るように、真悠ちゃんはキッパリと言った。

……一瞬、なんと言われたのか認識できず、俺はポカンとしてしまう。


「二人で寝る……あの……その二人って、星川と俺だよね……？」

「当たり前です。お姉ちゃんと叶多くん以外、誰が一緒に寝るんですか」

「真悠、あのね、お姉ちゃんそれはちょっと難しいと思うのね」

「難しくないでしょ。真悠とお姉ちゃんはそうしてたもん」

「それは、子ども同士の話であって、私と叶多くんはもう大人だから、そういう一緒に寝るとかは簡単にしちゃいけないの」

「子どもはいいのに、大人はしちゃいけないの？　どうして？」

「どうって、それはっ……それ、は……」


星川の顔が真《ま》っ赤《か》になってゆく。

想像してしまったのだろう。

大人は――大人の男女は――一緒に寝るのが子どもほど簡単ではない、その理由を。


「ベッドが……壊れちゃうかもしれない」

星川が顔を赤くしたまま答える。

かなり苦しい言い訳な気がする……と思っていると、やはり真悠ちゃんに追及された。


「じゃあ、床で一緒に寝たらいいと思う」


真悠ちゃんの代替案は、思っていたよりも厳しめだった。

だが、それなら確かに壊れる心配もない。やはり賢い子である。


「床で寝るのはダメじゃないかな。お姉ちゃんも叶多くんも、体調悪くなっちゃうかもしれないし、真悠もそうなったら嫌でしょう?」

「お布団《ふとん》を敷《し》いたらいいと思う」

「うちに敷布団はないからね?」

「じゃあ、真悠のお布団も使っていいよ」

「それじゃ真悠が具合悪くなっちゃうかもしれないでしょう?」

「お姉ちゃんは、叶多くんと寝るのが嫌なの?」

「嫌じゃないしむしろ寝たいよ?　……あ」

星川の性格を考えるに、真悠ちゃんの今の一言は最良の一手だったと思う。

星川が赤面するほどの精神的な揺さぶりをかけてから、その後、落ち着き始めて気を抜いた瞬間に質問返し。

真悠ちゃんはこれを計算ではなく素でやっているのだから末恐ろしい。

「叶多くんは、お姉ちゃんと寝るのが嫌ですか？」

「えっと……嫌じゃないです」

他人事のように見ていたら、今度はこちらに仕掛けてきた。

しかも絶対にそうとしか答えられない質問だ。とんだ策士である。

「じゃあ、お姉ちゃんは叶多くんのお部屋で一緒に寝てください。真悠も眠いのでもう寝ます。おやすみなさい」

本当に眠かったのだろう。

そう早口で言って、真悠ちゃんは星川の部屋に入っていってしまった。

リビングに取り残された俺と星川は、しばらくの間、呆然《ぼうぜん》としていた。

⬅

真悠ちゃんは星川の部屋に入ったあと、一瞬で眠りについてしまったようだ。

様子を見に行った星川が「まったく起きる気配がない……」とため息をついた。

真悠ちゃんの寝つきがいいという話は聞いていたが、もしかしたら俺たちのことで気を張って疲れていたのかもしれない。


そんなわけで結局、俺の部屋のベッドで星川と一緒に眠ることになってしまった。


俺はリビングのソファでいいから……と申し出たのだが、星川がそれはダメだと引かなかったのだ。

俺が野宿しようとした時に、それなら自分の家に住まないかと誘ってくれた星川である。

今回も「なら一緒のベッドで」と言ったのは、彼女らしいといえば、らしいのかもしれない。

……いや、それでもどうかと思う。

別室で過ごせる家の中と、同じベッドの中とでは、身体の距離感がまるで違う。
寝返りをちょっとでも打てば、簡単に相手の身体に触れられる。
触れられてしまう、そんな距離。

なのに、星川は嫌がらなかった。
そもそも真悠ちゃんが来て部屋割りの話になった時、彼女は『吉野くんが私と寝ればいい』
と口走っていたわけで。
星川はやっぱり……俺のことが、好きなんじゃないだろうか?

「えっと、お邪魔します」

そろり、と星川が俺のベッドに入ってくる。
先に入っていた俺は、極力端っこに陣取っていた。

けれど、それでも近い。

星川と同じベッドで寝るのは、初めてだった。

正確には、一度、朝起きたら星川がベッドの中にいたことはある。

でも、あれは寝ぼけていたらしい星川が部屋を間違えて潜り込んだ、いわば事故のようなものである……彼女の証言を信じるならば、だが。

俺も眠っている間のことで、お互い合意の上でベッドを共にしたわけではない。


だから、ここから俺が体験することは初めてだらけだ。


星川の重さで沈み込むベッド。

ギシッとスプリングが軋《きし》む音。

布団の擦《こす》れる動き。

横たわった星川の息遣いすら聞こえる。

少しずつ、星川の体温が布団の中に満ちてくる。

体温だけじゃない。彼女の香りも……

自分の心音がうるさい。

落ち着け落ち着け落ち着け。

そう念じると、余計に落ち着かなくなる。最悪だ。

俺が変に意識しているのが伝われば、星川だって気まずくなるだろう。星川は何も考えていないかもしれないというのに、俺がこんなにやましい気持ちだと気づかれては――


「えっと、吉野くん」

「は、はぃ……」

「き……緊張する、ね？」

「そう、だ、な」

「私も」


こちらに顔を倒して、星川が遠慮《えんりょ》がちに笑う。

薄闇《うすやみ》の中で……でもとても近いから、どんな表情をしているのかは俺にも分かる。


その星川の反応で、何だか肩の力が抜けた。

ただ一緒に並んで寝るだけなのに、こんなに意識して緊張しているなんて、バカらしい。そう思えた。

……並んでるのが星川なのに、緊張しないなんて無理な話なんだけど。

「ごめんね、真悠が急に……あの子、言い出したら聞かなくて」

星川が申し訳なさそうに言った。

呟きのような小さな声だけど、この距離ならば十分聞き取れる。

「星川が謝ることないし……むしろ俺としては、真悠ちゃんに気を遣わせちゃって悪かったなって思ってるよ」

「真悠が言ってた『一晩一緒に寝て仲直りしなさい』って、あれ、うちの母が私たちが喧嘩した時にやらせてたことなの」

「ああ、そういうことか……どういう理屈で『一緒に寝なさい』なのかなとは思った」

「あの子、小学生だから、きっと年頃の男女が同じベッドで眠るって、どういう意味なのか分からないんだと思うの」

「意味……」

「あっ、えっとね、変な意味じゃなくて！　一般的？　通念的？　常識みたいな？　そういう、なんていうか……真悠にも上手《うま》く答えられなかったんだけど……ええと、ええとね……ゴメンナサイ……」

「いや……俺のほうこそ、変に反応しちゃってごめん」


……しん、とする。


いいのか、俺。

せっかく星川がこんなにも近くにいるのに、黙り込んでしまって。

いや……これはチャンスだろう。

星川と今日一日できなかった話を落ち着いてする、いい機会だ。


「あのさ、星川」

「うん」

「昨日のことなんだけど、あれ、星川は全然悪くなかったって、俺は思っててさ」

「……本当？」

「本当だよ。だって俺……嫌じゃなかったし」

「でも……吉野くん、怒ってた……」

「星川には怒ってないよ。俺自身に、なら怒ってた」

「え？」

「その…………星川に嫌われそうなことをしそうな自分に腹が立ってた」

「嫌われそうなこと……」

「っ、星川のことをめちゃくちゃにしそうになってた」

「めちゃ、くちゃ……？」

「星川に言われたとおりに制服脱がせてさ。そのあとそのまま——とか思ってたわけですよ」

「へっ？　そのあと……？」

「……星川さ、あの時、考えてなかっただろ。俺に制服を脱がせたあとのこと」


俺の言葉に、星川はしばらく逡巡《しゅんじゅん》したあと小さく頷いた。

それを見た途端、身体から力が抜けた。

自分の推測が間違っていなかったことに安堵《あんど》したのだ。


「だよな……」

「ご、ごめんなさい……私、あの瞬間のことしか考えてなくて……あとのこととか……あと……あう」

暗闇《くらやみ》の中でも視認できるほど頬を紅く染めて、星川が呻《うめ》いた。

星川は、その誘い受けを待つ言動の過激さとは裏腹に、実はかなり無垢《むく》なのだと思う。

自分の誘うような言動のその先のことを想定しているようで、実際には今その瞬間に起きうることしか考えられていない。

なぜなら……恐らく、どうなってしまうかを知らないからだ。

年齢的に相応の知識は持っているかもしれないが、手放しで俺を信用しているところからして世間知らずの感は否めない。

妹の真悠ちゃんを見ているとお嬢様育ちなのが理解できるように、星川もきっと周囲から大事に守られてきたのだろう。普通は家に専属の運転手さんとか、いないのだ。

しかし、俺だって、これでも一応、男である。

優しく甘えさせるだけで済ませられなくなる、そういうことだってあるのだ。

それを星川は、今ようやく理解したようだった。

だから、反射的に身体を強張らせたに違いない。

「あのさ、星川」

「は、はい……」

「今は何もしないから、安心して欲しい」

そりゃあ、何も考えないかというと嘘になる。

けど、この状況を利用して手を出したら、昨日の我慢が無駄になってしまう。

「俺、星川に嫌われたくないからさ」

「ないよ、吉野くんを嫌いになるなんてこと！　それに……私こそ、吉野くんに嫌われちゃったかなって思ってたくらいで……」

「いや、それこそあり得ないって」

「あり得ない、の……？」

「ああ。星川のことは、嫌いになりようがないし」

星川は、俺のことを助けてくれた。

温かくて、心地のいい暮らしを与えてくれた。

優しくしてくれた。甘えさせてくれた。そんな風にされる価値、俺にはないのに……もしかしたら、あるのかもと思わせてくれた。

「自慢じゃないけど、俺は自分のこと、星川にそこまで優しくしてもらえるような人間じゃないと思ってる。ごく普通……というか、何の変哲もないというか……いいところなんて自分じゃ思いつかない、そういう人間なんだよ。だから――」

「違うと思う」

星川はそう言って、ぐっ、と身を乗り出してきた。

身体が、顔が、近くなる。

暗い部屋の中にもかかわらず、星川の顔が、目が、よく見えた。

「吉野くんは、自分のことだから、分からないだけだと思う」

「そう、なのかな……」

「少なくとも私は、吉野くんのいいところ、たくさん知ってるもの。その気になれば十でも百でも千でも言えるよ」

「千は多いな……」

「語彙力《ごいりょく》には自信があるんだよね」

「学年首席が言うと、説得力があるな」

「あ、言葉を知ってるから言えるわけじゃないからね？　吉野くんのことを好――……よく見てるから言えるの」

「そっか……」

「吉野くんは、私のいいところ言える？」

「言えるよ。たくさん。語彙力はないけど」

「国語が苦手だから？」

「そう。それでも、たくさん言える」

「本当？　じゃあ………言わないで」

「え」


言おうと思って構えていたのに、制されてしまった。

なんだろう……逆に言ってやりたくなる。


「星川は、かわいい」

「……ふふっ」

試しに言ったら、嬉しそうに笑われた。

あ、しまった……これ、誘われたな。まんまと乗せられてしまったらしい。

なんだか悔しい。やられっぱなしも、なんだか癪《しゃく》だし……


「……かわいい」

「えっ……？」

「マジかわいい」

「はえ？」

「最高にかわいい。超かわいい」

「え、ええと、あの？」

「世界一かわいい。あ、間違った、宇宙一かわいい」

「へっ、あっ、えっ？　な、なに？」

「語彙力なくて、すみません」

「あ、違……そうじゃなくて……あぅ……」


照れているらしい。

同じベッドの中だと、さすがに反応もよく分かる。

弄《いじ》っておいてなんだが、俺も恥ずかしくなってきた。

密だと病気とかだけじゃなくて、こういう気持ちも伝染《うつ》るのかもしれない。


「……星川。ありがとう」


伝わるのなら、感謝の気持ちがいい。そう思いながら呟いた。

昨日のこと。今日のこと。今日までのこと……ずっとずっと、感謝していたのだと、星川に一番近くから伝わるようにと願いながら。


「私こそ、ありがとう……」

「俺、星川に感謝されるようなことあったかな」

「いっぱいあったよ。吉野くんは、覚えていないことがあるかもしれないけど」

「え。何?」

「ふふっ……教えない」


楽しそうな星川の笑い声が心地いい。

身体を引き寄せて、抱きしめたい。
けど、そうしてしまうと、この優しい時間が崩れてしまう気がするから……。
……俺は、今この瞬間を大事にすることを選んだ。

◆

しばらくぽつぽつと喋《しゃべ》っているうちに、星川の口数が減っていった。
そのまま様子を見ていると、静かになった。
眠ってしまったらしい。
暗闇に慣れた目を凝らして、じっと隣を見る。
星川の寝顔が近くにあった。
首を伸ばせば、唇が触れそうなほどの距離に、何か尊い存在が横たわっている。
簡単に襲える距離だ。

しかも眠っていて、好都合。

……でも、俺は襲ったりしない。

そういう度胸《どきょう》がないから……かもしれないが、それ以上に、この幸せそうな寝顔を壊したくないのだ。

先ほどの会話と同じように、きっと守ったほうがいい。

そのほうが、肉欲を満たすよりも、ずっと満ち足りる気がするから……

寝落ちするまでのしばらくの間、俺はそんな彼女の寝顔を優しい気持ちで眺めていた。

遥の非公開ダイアリー⑤

ベッドの中で、吉野《よしの》くんを隣に感じて……私は幸せだった。

吉野くんと一緒のベッドで眠ることになるなんて、この同居生活が始まった最初の朝に、私がこっそり潜り込んで以来だった。

でも……あの時とは、全然違う。
吉野くんの意思を無視して、自分勝手な愉悦《ゆえつ》に浸っていたあの時とは。

……許された上でする添《そ》い寝《ね》って、こんなに幸せなんだ。

こんな気持ちになれるなんて、つい数時間前までは思いもしなかった。

嫌われてしまったと思ったから。

When I got to remote class, I had to move in with the most beautiful girl in my class.

嫌わせてしまったと思ったから。


女の子が無理に迫られて傷つくことがあるように、男の子だって傷つく。

そこに性別は関係ない。年齢や立場だって関係ない。

人の気持ちは、その人だけのもの。

だから、その人が傷つけられたと感じたなら、相手の気持ちを無視して傷つけるような行為をしてしまったということだ。


吉野くんだって、なんでも受け止められるわけじゃない。

彼の許容するその一線を、私は越えてしまったんだと思った。

私は彼を傷つけてしまったのだと……そう思った。


それでも、嫌わないで欲しかった。


おこがましい願いなのは分かっていた。

刃物で刺しておきながら、相手に「嫌わないで」なんて言えるだろうか。

だから、私にできるのは、ただ反省し謝り続けることだけだと思っていたのだ。
でも……いま私は、吉野くんの隣で眠ろうとしている。
本当は眠ってしまうのがもったいないくらい。
でも、この安心感と多幸感に満ちた眠気に抗《あらが》えそうになかった。

こうして幸せな時間が過ごせるのは、吉野くんが自分の心の中を打ち明けてくれたおかげ。

そして——仲直りを半ば強引《ごういん》に勧めてくれた真悠《まゆ》のおかげだ。

あの子には、感謝しないといけない。
本当に見倣《みなら》うところが多い妹だ。
まだ小学生だというのに……私より、実はずっと大人なのかもしれない。
真悠が泊まりに来た日、私は複雑な心境になってしまった。
あの時の私に伝えたい。

大丈夫。
真悠が来てくれて本当によかったって思うよ、って。
あの子は、やっぱり自慢の妹だよって……

第五話 これまでの終わりと新たな始まり

When I got to
remote class,
I had to move in with
the most beautiful girl
in my class.

翌日。

俺《おれ》と星川《ほしかわ》は、穏やかで照れくさい朝を迎えた。

お互いよく眠れないかと思ったのだが、意外とぐっすり眠れていたようだ。

その件《けん》に、星川は「ホッとしたからかもしれないね」と笑っていた。

仲直りの提案者である真悠《まゆ》ちゃんは、洗面所で俺と星川が並んで歯を磨いている時に起きてきた。

「おはようございます……あ。二人とも仲直りしたんだね」

寝ぼけまなこの彼女は、俺たちの顔を見るなり満足そうに笑った。

俺と星川は顔を見合わせる。

考えていたことは一緒だったらしい。

「真悠ちゃん、昨日はありがとう」

「真悠のおかげです」

二人揃《そろ》って真悠ちゃんに感謝の言葉を伝えた。

すると、真悠ちゃんは、我が意を得たりというようにニンマリして、

「真悠、今日はお姉ちゃんと叶多《かなた》くんが作った、あのスコーンが食べたいな♡」

そんな要求をしてきた。

星川はキョトンとしていた。妹の反応が、姉にとっては意外なものだったのだろう。

そして俺は、成功報酬を強《したた》かに求める少女の姿に理解した。

なるほど……真悠ちゃんも、実はもう純粋無垢《むく》なだけの子どもじゃなかったんだな、と。

真悠ちゃんからご要望があったので、俺と星川は午前中にスコーンを焼くことにした。
その焼き上がりを待っている間のこと。

ポケットに入れていたスマホが震え出した。

止まらない振動に、着信だと気づく。
スマホの画面を見て、相手を確認する。
日坂《ひさか》からのＬＩＥＮ《リエン》通話だった。
せっかくの穏やかな休日が、一気に不穏《ふおん》になった。
「……ごめん、星川。ちょっと電話が来たから出てくる」
一言そう断りを入れて、俺は自分の部屋へと向かった。
以前、星川が日坂との電話を嫌がったのを思い出したからだ。

あの時、星川がなぜ嫌がったのか、結局分からずじまいである。

なので、解明するまでは日坂からの電話については黙っておくことにした。

どうせ罵倒《ばとう》されるだろうから、星川の隣でスピーカー通話にして日坂にダメージを負わせてもいいのだが……星川の気分を害したくないし、あとあと日坂が怖いのでやめておく。


「えっと……何……？」

『遥《はるか》と喧嘩《けんか》したって？　真悠ちゃんから聞いたんだけど』

恐る恐る通話にすると、日坂が開口一番にしてきたのは非常にタイムリーな話だった。


「あーそれか……」

『あーそれか……じゃないわ！　ちゃんと謝って仲直り――』

「したよ、仲直り」

『――しろ……え？　した？』

「ああ。した」

『ふ……ふーん。あっそ。ならいいんだけど？』

嚙《か》みつこうとしてやめた、みたいな態度がスマホ越しに伝わってくる。

先手で言っておいてよかった。今日一日をイライラして過ごしたくないからな。

「ていうか、日坂。真悠ちゃんと連絡取ってたのか」

『連絡先は知ってたからね。あんたの監視を頼んでおいたの』

「うわ、最低だな……真悠ちゃんになんてことさせてんだよ……」

『でも実際、昨日は揉《も》めてたんでしょ？　あたしの心配したとおりじゃない』

「まあもう解決してますけどね」

『ちぎれろ』

「何が⁉」

『まあ、仲直りしたならいいのよ……じゃあね』

回線を千切られたように、唐突に通話が終わる。

通り雨のような勢いで降って去っていった日坂に、それでも悪い気がしない。あいつなりに星川のことを心配しているのだと分かっているからだ。

ひとまず、今の通話内容で日坂の機嫌を損ねはしなかったらしい。
学校での授業が再開し教室で会うことがあっても、これで酷《ひど》い目に遭《あ》わされることは――ないといいのだが。

「……再開、か」

思わず口から零《こぼ》れ落ちる。

学校が再開するということは、学生寮も再開する。
そうすれば、ここでの生活――星川との同居生活も終わる。

緊急事態宣言の延長は、六月末を目途《めど》に行われることになっていた。
今朝《けさ》見たニュースによると、末日を待たずに解除される可能性も出てきたという。都内も含め、全国的に感染状況がよくなってきたようなのだ。
ここまでの二ヶ月を経て、世の中は、ようやく日常に戻ろうとしているらしい。

さて……俺たちは、隔離《かくり》された生活を過ごした。

その事実は変わらない。

これから先の人生も、その事実があった上で続いていくのだ。

俺と星川の同居生活が終わってしまっても、決してなかったことにはならない。

だから、前向きにその日を迎えようと思った。

以前までの日常も、きっと新しい日常に変わってゆくはずだから……


六月は、下旬へ向かって止まることなく歩みを進めていった。

感染状況も順調によくなっていっているらしい。

そして、とうとうその日がやって来た。

『本日、緊急事態宣言を全国において解除いたします』

テレビの中で、スマホ画面の中で、総理大臣が二ヶ月半の疲労を滲《にじ》ませた顔でそう言った。

緊急事態宣言が終わった。

今度こそ本当に。延長もなし。

ウイルスの蔓延《まんえん》を防止するための対策は続くようだが、それらは主に行政から飲食店などに行われる要請だという。


学生の俺たちには、直接的に影響がある様子ではなさそうだった。

かといって、まったくの無影響かというと、そうではないだろう。


世の中は、繋《つな》がっているのだ。

人と人とが直接会えなくとも、見えないもので影響し合ってるんだと思う。

たとえばインターネットとかは、まだ分かりやすいかもしれない。

俺たち学生は、学校には通えなかったけれど、それを使って授業を受けていた。

離れた場所からでも、繋がっていた。


だから、俺たち学生にとって無関係に思えることでも、間接的には影響があるのだ。きっと、いつかのその時になってみないと分からない影響が。

それでも今は——今だけは、解放感に浸ってもいいような気がした。

もちろん『大人数でパーティーしようぜ』とかそういうことではない。
俺たち頑張ったよな。
理不尽な状況にも耐えたよな。
そういう風に、自分たちを労《ねぎら》うという意味だ。

とはいえ、大変な社会状況下にあって、俺は結構な幸せ者だったと思う。

星川と一緒に暮らすことができた。
星川と……距離が縮まった。
それは、世界が異常事態になってしまったからこその出来事だった。
何となく後ろめたさがあり続けたのは、そういう訳アリなはじまりだったからだろう。

でも、もうその異常事態も、こうして一旦《いったん》は落ち着きを見せた。
そして俺たちは、晴れて学校へと通うことができるようになったのだった。

これが、緊急事態宣言の延長から一ヶ月後……六月の終わりのことである。

◆

緊急事態宣言が明けた翌週から、俺たちは登校することになった。
とはいえ、完全に元通りというわけではない。

分散登校に時差通学という、これまた変わった制度が導入されたのだ。
〝分散登校〟は、生徒の人数を制限し、複数回に分けて登校させるというもの。
そして〝時差通学〟は、登下校させる時間帯をずらして通学させるというものだ。
完全に自由な登校ではないが、まあ、仕方ないだろう。
そして、緊急事態宣言宣言が明けた翌々日。
一ヶ月を一緒に過ごした真悠ちゃんが、実家に帰ることになった。
「じゃあ、またね。お姉ちゃん、叶多くん。お邪魔しました」

初めて会った時の騒ぎっぷりとは異なり、お嬢様然《じょうさまぜん》とした落ち着いた様子で、真悠ちゃんはマンションの玄関から出ていった。

エントランスで、専属運転手さんが車を用意して待ってくれているらしい。

見送りを終えた星川と俺がリビングに戻ると、『ちゃんと車に乗ったよ』と真悠ちゃんから星川のＬＩＥＮに連絡があった。

来た時のやり取りを踏まえ、きちんと連絡をしてくれたあたり、やはりいい子だなと思う。

何度でも感心してしまう。

「行っちゃったね……」

二人きりになったリビングで、星川が少し寂《さび》しそうに言った。

俺も、たぶん同じ気持ちだ。

そしてそれは、俺には、ちょっと堪《こた》える反応だった。

なぜなら、俺もこれから真悠ちゃんと同じように出ていくからだ。

「吉野《よしの》くん……本当の本当に、行っちゃうの？」

ちら、と星川が俺に視線を投げかけてきた。
もう決めたこととはいえ、さすがに心が揺らぐ。

「寮に戻らないと、バレそうだからさ」
「私はバレてもいいけどな……」
「星川」
「……ごめんなさい」

謝罪の言葉を口にはしたが、不服なのだろう。
……本当に、気持ちが表情に出やすいんだな。
でも、そういうところが星川のかわいいところだと思う。
だから、彼女は誘い上手なのだ……騙《だま》し上手じゃなくてよかった。

星川とも、寮に戻るか否かについては話し合った。
結果、俺たちが同居生活を続けるのはまずいだろう、ということで落ち着いた。

俺たちは、まだ未成年だ。

緊急事態宣言中は、大義名分のようなものがあった。

俺は野宿を強いられ、星川はそんな同級生に宿を与えた……そういう、何となく仕方ないかもなという理由があったのだ。

しかし、その大義名分は今やもうなくなってしまった。

だから同居するなら、お互いの保護者に認めてもらうのが先だろうという話になったのである。


でも普通、親に話を通す前に、付き合うかどうかって話が先だと思う。


……そう思うのだが、俺たちはそういう話をしていない。

俺が避けているのかもしれないし、星川が避けているのかもしれない。

どちらもかもしれない。

お互いに、核心に触れないまま今日を迎えてしまった。

けど……ここでその話を切り出したら、このマンションを出ていけなくなる気がする。

ズルズルとなんのケジメもつけずに、だらだらとした、爛《ただ》れた関係になってしまうかもしれない。

俺は、それは望んでいない。

星川とは、ちゃんとした形で向き合いたいから。


「……星川」


名前を呼ぶと、俯《うつむ》きがちだった星川がそろりと顔を上げた。

泣きそうな表情をしている。

たぶん、俺が出ていったあと、泣いてしまうかもしれない。

誰《だれ》が泣いても正直、別にいい。俺は薄情だから、他人には構っていられない。

でも、星川は違う。

彼女を泣かすなんて、それも一人で泣かすなんて最低だと思う。だから、

「あのさ……今日まで、ありがとな。俺、星川との生活、すげー楽しかった！」

俺が珍しく笑顔で明るく言って、これで星川も笑顔になって、それで終われればいいなって思ったんだ。

星川の顔は、笑顔になろうとした。

でも……その途中で崩れかけた。

だから俺は、柄《がら》にもなく、星川を抱きしめた。

「吉野くんっ……ごめ、なさ……っ、困らせたくなかったのに……寂しくてっ……」

「俺のほうこそ、ごめんな。本当に、俺も、一緒にいたいんだけど」

「うん……そう言ってくれるだけで、嬉《うれ》しいな……」

俺の腕の中で、星川はそう言って、泣きながら笑顔になる。

溢《あふ》れ出してしまった彼女の涙が止まるまで、しばらくの間、俺たちはそのまま身体を重ねていた。

⬅

寮生活に戻ったその日は、慌ただしく時間が過ぎていった。

久々に顔を合わせる寮の管理人さんに挨拶《あいさつ》をすると、まるで最初に入寮した時のように部屋まで案内してくれた。

どこをどう消毒したのか、変わった点はあるかなど、管理人のおじいさんがマスクの下でフゴフゴ言いながら説明してくれる。

それを聞きながら廊下《ろうか》を歩いているうちに、ふと疑問が過《よぎ》った。

「なんか人、少ないですね？」

寮の中で、同じように寮に戻ってきた生徒たち何人かとすれ違った。しかし、以前よりも人数が少ないことに気づく。まだ戻ってきていないだけなのだろうか？

「検査して陽性だった子は自宅待機なんだってー」

管理人のおじいさんは、相変わらず間延びした声で教えてくれた。

「あー、なるほど。やっぱり陽性だと寮にも入れないんすね」

「そうだねー。今は陰性でも検査で陽性になったら、また実家待機になるからねー」

俺を部屋の入り口前に送り届けた管理人さんは「気をつけてねー」と言って、来た廊下を戻っていった。

管理人さんの声は、あのクラスター発生で寮が閉鎖した時と同じ調子で、なるほど安心感があったのだなと、戻ってきてから気づいた。俺の無感動な性格もあるが、もしかしたらこの人のおかげで、あの日そこまで慌てずに済んだのかもしれない。


それにしても、である。

気をつけろ、とは言われても、目に見えないウイルス相手である。

うがい手洗いとマスク着用、三密回避で感染対策をするしかないのだろう。

残念なことに、俺はそれ以外の気をつけ方を知らない。知っている人がいるなら教えて欲しいくらいだ。


自分が過ごしていた部屋に入る。

中に入ると、なんだか変な感じがした。

たった二ヶ月半ほど空けただけだ。

荷物だってそのまま。俺の所持品が、最後に出た時から同じように置いてある。何も変わっていないはずだ。

なのに、すっかり他人の部屋のようだった。


それなら、俺の部屋は一体どこだというのか。

「……帰りてーな」


実家にではない。

星川がいる、あのマンションに、だ。

過ごした時間は、この部屋のほうが圧倒的に長い。

だというのに、俺はもうホームシックな状態になっていた。

実家からこの寮に越してきた時も、この寮から強制的に出ることになった時も、そんな気持ちになったことなどなかったというのに。


無気力さを感じて、思わずベッドに横になる。

ここも消毒されたのだろう。自分の匂《にお》いがしない。

ベッドは高さがないし、マットレスは硬いし、使い古された布団《ふとん》も毛布も重たい。ふわふわ感などまったくない。

飾り気のない天井《てんじょう》を見つめながら、ずいぶん贅沢《ぜいたく》な生活をさせてもらったんだな、と今日までの二ヶ月半の日々を振り返る。

ぼんやりと時間を浪費《ろうひ》するように過ごし、夜になった。


夕飯は食堂で食べる。

そこはクラスター発生前とあまり変わらないらしい。

変わったのは、食堂内にも感染対策が施されているあたりだろうか。

各テーブルを区切るように、アクリル板が設置されている。

食堂にいる生徒たちは、まばらだ。しかも互いに離れるように座っているため、やけに広く感じた。


出てきた食事は、二ヶ月半前まで一年もの間、口にしてきた馴染《なじ》みの味だ。

食堂の飯は、別にまずくはない。

何なら母親の手料理よりもうまいと思う。

けど……俺はもっとうまい手料理をもう知ってしまっている。

一度上がった生活水準はなかなか落とせない、と聞いたことがある。

いい生活を知ってしまったら、以前の生活に戻れない……今の今まで、俺とは無縁な話だと思っていた。

けど、もう他人事ではなくなったらしい。

今の俺は、戻りたくなる生活というものを知ってしまった。

あのマンションに帰りたい。

俺好みの味付けの手料理が食べたい。

高級なベッドで、フワフワの布団に包まれて眠りたい。

……いや、そんなことはいい。

一流ホテルのような部屋も。

おいしい手料理も。

寝心地のいいベッドも、布団も。

全部、全部、差し置いて……何より俺は、星川に会いたい。

⬅

寮に戻ってきた翌日は、だるくて何もできなかった。

外の天気も雨だ。夏らしく豪快に降っていた。

なので、寮の外に出ることもままならず、自分の部屋でじっとしているしかなかったのだ。

寮の中で過ごす上で、三密回避以外に特別な活動の制限は設けられていなかった。しかし、何となく人目が気になって出歩けなかった。

それは、俺だけではないようだった。

他の寮生も、お互いに似たような感じだったのだろう。

そうして、刑務所に入った囚人《しゅうじん》のような気分でその日は終わってしまった。

翌日は、前日の雨が嘘《うそ》のような快晴だった。

むしろ雨になりそうだった上空の水分が、昨日のうちに落ち切ったのかもしれない。少し乾いた心地よい風が穏やかに吹く、気持ちのいい天気になった。

照りつける太陽。青い空。

校内に植えられた植物は、濃い緑をしていて、もう新芽とはいえない。

梅雨明けの時期はまだ遠いが、すっかり夏のような景色《けしき》である。


そんな本日は、いよいよ久々の登校日だ。


学生たちは分散して登校することに決まっているため、クラスメイト全員が一堂に教室に集結するわけではない。

しかも、通学時間をずらした時差通学。

俺は昼からの登校組だ。


そして幸運にも、星川と俺は、たまたま同じ時間の登校組に割り振られた。

星川に、会える。
嬉しくて気持ちが逸《はや》る。
……けれど、同時に不安になる。

一体どんな顔で星川に会えばいい？
同居生活後、初めてクラスで会う彼女に、俺は、どう接したらいい？
星川は……俺に対して、どんな態度を取るのだろう？

もやもやと考えているうちに、教室にたどり着いてしまった。
入り口の扉は開け放たれている。廊下の窓も開いているところが目立った。換気《かんき》の一環なのかもしれない。

入る前に、俺は入り口から中を覗《のぞ》く。
教室には、寮の食堂のようにまばらな人数のクラスメイトたちがいた。
夏服だらけの教室は、一足飛びに季節が過ぎてしまったようだ。

それもそうだろう。本当に、この教室で過ごすはずだった季節がひとつ、飛んだように消えたのだから。

そして皆、制服の一部のようにマスクを付けている。

この二ヶ月半で、マスク着用が当たり前の日常になったようだ。

夏に向かうにつれ暑さと湿度で息苦しくなりそうだが、しばらくは仕方がないのかもしれない。学校側がマスクを着用したまま体育をやるとか言い出さなければいいなと思う。

さて、教室で賑やかに話しているのは、二、三人で話している女子のグループくらいだ。

その中に、日坂《ひさか》の顔があった。

「あ」

素知《そし》らぬ顔で教室に入り自分の席に向かった時、日坂の声が上がった。

別に俺とは無関係かもしれないので、座席に座って鞄《かばん》を――

「ちょっと。なになに無視してくれてんの」


俺の机に手をついて、日坂が凄《すご》んできた。

マスクから覗いている目だけで人を殺せそうだ。おっかねえな。

登校再開の初日から絡《から》まれるとは最悪だ……そう思いながら、俺は腹を決めて顔を上げた。


「……おはよう日坂」

「おはよ」

「えっと……何用で？」

「別に。ただ、せっかく顔を合わせたんだから、挨拶《あいさつ》くらいしろしって思っただけ」

「なるほど。おはよう」

「それはもう聞いた」


日坂が不満そうに言った。

しかし、去らない。

挨拶が終わったのだから、もう用は済んだのでは？

そう思ったが、俺はそこで思い出した。

「日坂。いろいろ、ありがとな」

「何のこと」

「星川とのことを黙って――いっ⁉」

突然走った激痛に、上げかけた悲鳴を何とか呑《の》み込《こ》む。

日坂に足を踏まれたのである。


「な、何すん――」

「それ、公言したら殺す♡」

目が笑っていない。

マスクから見えているのはそこだけなので、殺意を隠す微笑《ほほえ》みとかも非装備の日坂である。

本気で怖い。リモートじゃないから逃げられないし。

「分かった分かった、何も言わないから」

「本当でしょうね？」

「それよりお前、俺とこんな話すほど仲よくねーだろ……」

「はぁ⁉　話すくらいは仲いいんじゃないの？」


日坂は同意してくれると思ったのに、なぜか逆にキレられた。

自分が何を言っているのか分かっていないのかもしれない。


「まあ？　日坂からＬＩＥＮ《リエン》で連絡くれるくらいですしね？」

「今すぐ舌を噛み切れ」

「なあ、普通に『言うな』でよくない？」

「あんたに指図《さしず》されたくないんですけど」

「いやこれは指図というのは言いがかりも甚《はなは》だしい――」


「おはよう、二人とも」


濁音《だくおん》にまみれた日坂のものではない、涼《すず》やかな声が近くで聞こえた。

思わず固まる俺を横目に、日坂が元気に返事する。

「遥《はるか》！　おはよう～！」

「菜月《なつき》、久しぶり。この前はありがとうね」

「ううん、気にしないで」


あまり多くは語らずに、二人は言葉を交わす。

その傍《かたわ》らで動けずにいる俺に、声の主《ぬし》——星川《ほしかわ》は、ひょこっと顔を覗き込んできた。

目に飛び込んできた眩しさに眩暈《めまい》がした。

日差しを照り返すような夏服姿だからか。

……それとも、会いたかった彼女だからか。

「おはよう、吉野くん」

「お、おはよ、う」

「もう、ぎこちないなぁ」

星川が笑っている。

表情が、マスク越しでも分かる。

そして……その一枚が、もどかしい。

その一枚で隠された部分を、俺は知っているから。
どんな風に笑うのか補完できるくらい、俺はごく近くで彼女の表情を見てきたから。

離れて暮らすようになって、まだ三日も経《た》っていない。
だというのに、彼女のいない時間の虚しさを知ったからだろう。俺は、すっかり星川ロスになっていたらしい。
そして、話なんてほとんどしたことがないこの教室で、彼女から話しかけてきてくれたことが思いのほか嬉しかったようだ。
情けないことに、涙が込み上げてきそうだった。

だから――思わず机に突っ伏してしまった。

「よ、吉野くん？」

「ごめん。ちょっと今、ダサい顔してるから……」

「ええと……あの、菜月」

「え？　……あーはいはい、分かりました。またあとでね」

日坂が遠退《とおの》く気配がした。

元いた女子たちの輪に戻っていったのだろう。

星川は——まだ近くにいる。俺のすぐそばにいる。


……困った。


情けなく崩れそうになる顔を隠したものの、その後のことを考えていなかった。

どうしよう？　どうしたらいい？　突っ伏してしまった時点で、すでに情けない気もするんだが……

目元にマスクを付けられたらいいのに……などと本気で考え始めた頃だった。

「ねえ、吉野くん」

星川のほうから話しかけてきた。

すごく近くから声が聞こえたので、そろり、と窺《うかが》う。


目の前に星川の顔があった。


「吉野くんから、何か言いたいことはない？」

「え？　いや……あの、その前に……星川、これ、まずいんじゃないか？」

「なんのこと？」

「星川が俺に、こんなに接近してたら、周りがなんて言うか――」

「わかんない」


にっこりされた。

星川のこの発言は、よく分かっている時のものだ。


こういう彼女の一面も、二ヶ月半前と異なり、今の俺は知っている。

そして彼女が俺のことを邪険にするはずがないこと、受け止めてくれることも、もう理解している。

　だから、ここまで歩み寄ってきてくれた彼女に――発言を誘ってくれている彼女に――

俺はしっかりと自分から伝えることにした。


「星川、あのさ」

「うん」

「教室というか、学校でも……仲よくしてくれるか？」

「もちろんだよ」


　星川の目が、嬉しそうに細められる。

　よかった、とホッとしていると、彼女がさらに尋《たず》ねてきた。


「あとは？　他には？」

「ほ、他……？」

「私の手作りのご飯が食べたいなぁ～とか」

「えっ食べたいです」

「一緒に遊びたいとか」

「遊びたい」

「触りたい？」

「えっ」


ふふっ、と星川が愉快そうに笑う。

なんだ、からかわれたのか……

そう思ったのだが、どうやら違ったようだ。


「……吉野くんなら、好きにしていいよ」

マスクを付けたまま、彼女は俺の耳元でささやいた。


きっと、他のやつらには星川が何を言ったのか聞こえていないだろう。マスクで口元も見えないので、唇の動きを読むこともできない。

俺だけが知っている、俺だけが聞くことができた言葉。

特別な、二人だけの会話だ。

ドキドキしている俺に向かって、星川はさらに魅惑《みわく》のささやきをした。

「学校でも、いろいろ教えて欲しいな。それと……またいつでも、うちに来ていいから……ね？」

桜色の唇は、マスクに隠されて見ることができない。

けれど、星川の熱っぽく潤む瞳《ひとみ》が、それ以上に俺を誘った。

だからだろうか……我慢ができなくなった。

「……星川、あのさ」

「ん？」

「星川のマスクの下が見たい、です」

一緒に暮らしていた時のように。

何にも覆《おお》われていない彼女の素顔が見たい。

そんな願望が、教室という場所にもかかわらず口を衝《つ》いて出てしまう。

「吉野くん……」

「あ……ごめん。学校じゃ無理だよな」

「ここでは無理だけど……でも、ここじゃなければいいんじゃないかな?」

「え」

「行こっか」


星川に手を取られ、引かれる。

瞬間、反射的に椅子《いす》から立ち上がってしまった。

ガタン、と音を立てる椅子。

その音にか、それより前からだったのか、俺たちにクラスメイトたちの視線が集まる。

「ほ、星川……?」

いいのか、これ?

みんな見てるけど? 特に日坂めっちゃ怖い顔してるけど?

そう心配したのだが、当の星川は気にしていない様子だった。

まるで俺しか見えていないかのように、俺をまっすぐに見て彼女は言う。

「ね。一緒に来て」

駆け出した星川に手を引かれ、促されて、俺は教室を抜け出す。

教室からの視線は、もう気にならなかった。

「エピローグ」

星川《ほしかわ》に手を引かれてやって来たのは、校舎の屋上だった。

マスクを付けて廊下を走り、階段を駆け上がってきたため、息が苦しい。というか……

「……屋上、入れたんだな。立ち入り禁止だったような」

「三密を避けられるようにって、開放することになったんだって」

星川が青空に向かって両腕を広げながら言った。

色素《しきそ》の薄い長い髪が、風に広がる。

それが太陽の光に照らされて、まるで翼が生えているように見える。

彼女は、本当に天使か女神のようだ。

同じ人類とは思えないほど、美しい……

「吉野《よしの》くん、私のマスクの下が見たいって言ってくれたよね」

思わず見惚《みほ》れていると、くるり、と星川が振り返った。

その拍子に、俺《おれ》もハッと我に返った。


「見たい？」

「えっと……」


マスクの紐《ひも》に手をかけた星川が、じらすように少しそれを伸ばしてみせた。


……ああ。そうだ。

それを外して欲しいんだ。

外して、その下を見せて欲しい。


「……見たい」

「なら、吉野くんが外して？」

ん、と星川がマスクを差し出すように顎《あご》を突き出した。

なんだろう……すごくドキドキする。
たかがマスクなのに、とてもいけないことをしている気分になる。
星川の耳元に手を伸ばし、紐に指をかける。

「んっ……」
「わ、悪い。痛かった?」
「んーん。ちょっと、くすぐったくて……あ。空気、おいしい」

マスクを外すと、星川がそう言って笑った。

ああ……見たかった笑顔だ。
何にも隔てられていない、彼女の素のままの表情。

それを見て、俺は思う。

やっぱり、星川はクラス一の美少女だって。


「ねえ、吉野くん」

「ん？」

「私も、吉野くんの顔が見たい……外していい？」

「いい、けど……」


星川が俺の顔に手を伸ばしてくる。

細くて、少し冷たい指先が、俺の耳元を掠《かす》めるように触れて……あ。確かにくすぐったいな、これ。むず痒《がゆ》くて、変な声が出そうになる。

ゆっくりとマスクが外されて、俺も素の顔になる。


「吉野くんだ」

「吉野です」

「叶多《かなた》くん……って呼んでもいい？」

「えっ？　別に、いいけど」

「じゃ、じゃあ……呼び捨てでも？」

「俺は構わないけど」

「……叶多」

嬉《うれ》しそうに星川が俺の名前を呼ぶ。

触れられていないのに、くすぐったい。

ああ……困ったな。

ここは学校だっていうのに。誰《だれ》かが見ているかもしれないっていうのに。

星川が、潤んだ目で誘ってくる。

露《あら》わになった桜色の唇が、俺を招き寄せようとしている。

まずい。

このままだと、俺は星川に顔を近づけてキスをし――


「あ」

唇を重ねようとしていた、その時だ。

一瞬、強い風が吹いて、俺たちの手からマスクが飛んでいってしまった。

俺と星川は、その行方《ゆくえ》を思わず目で追いかける。

宙を舞ったマスクは、ひらひらと落ちていき……やがて花壇《かだん》の中の植物に引っかかった。

それを見届けた瞬間、俺はハッと冷静になった。

恐る恐る星川を見れば、照れたように口元を隠していた。

やはり彼女は、今という瞬間のことしか考えていなかったらしい。危うく彼女の雰囲気《ふんいき》に流されるところだった。

……流されてしまえばよかったかもしれない、と愚《おろ》かにも考えたのは内緒《ないしょ》だ。

「あー……しまった。あとで拾わないとだな」

俺は、わざとらしく大げさに言ってみせた。

この気まずい空気をどうにかしたかったからだ。

「っていうかマスクなしで教室戻れるかな。あ、保健室とか行けば貰《もら》えたり――」

「あの……実は、こんなこともあろうかと」

星川が、ポケットサイズの小さなポーチを手にしていた。持ち歩いていたらしい。その中から、彼女は二枚のマスクを取り出した。

「はい、これ。実は、渡そうと思って持ってきておりました」

星川の手にあるマスクは、ピンポイントに星の刺繍《ししゅう》が入っている。センスがいいし、普通に使えるものである。

しかし、問題があった。

「星川。これ、もしかして……お揃《そろ》い、ですか？」

「えへへ……ですね」

「いいのか？　その……俺とそういう関係みたいに思われても」

「もちろん。だって、私は吉野くんと――叶多《かなた》とそう思われたいんだもの」

――『バラしちゃう？』

あの宣言は、まだ彼女の中では延長中らしい。

攻めるなぁ……と思いつつも、俺は嬉しさからマスクの下でにやけてしまう。だらしのない表情を見られなくて助かった。

俺と星川の同居生活は、確かに終わってしまった。

けれどその代わり、同居前とは違う学校生活が始まろうとしている。

クラス一の美少女との距離が近づいた、新しい学校生活が。

あとがき

これを読んでいる皆さんは、いま外出する生活をしていますか？

最近『リモート勤務を容認しない』という旨《むね》の某大企業に関するニュースを見て、世の中の移り変わりの速さを実感しています。そのような社会的変化に戸惑《とまど》っている方も少なくないのではと思いますが、年中引き籠《こ》もりの私は気温の変化に戸惑っています。執筆中、外気温は最低で十度以下、最高で三十度超えになりました。ちょっと落ち着いて欲しいものですね……。

それでも、今年も春は過ぎ去り……気づけばもう夏です。

自粛《じしゅく》生活を余儀《よぎ》なくされた二年間も、そんな風に過去のものになりつつある気がします。あるいはとっくに過去だという方もいるかもしれませんし、いや渦中《かちゅう》だと仰《おっしゃ》る方もいるでしょう。

けれど、変化の時期というのは、まるで異なる状況が重なって存在するもの。どの認識も間違っていないと個人的には思っています。十度の場合もあるし、三十度の場合もあるのかなと……二十度くらいがちょうどいい気がします。これは気温の話ですが。

さて、一巻から読んでくださっている方には、お気づきの方もいらっしゃるでしょうか。

作中の経過時間（緊急事態宣言のタイミング）は、実は現実とは異なっています。速めているつもりなのですが、まだリアルな現在には追いついていません。

リアルに追いつく予定があるのか、リアルの流れを追いかける気があるのか、そもそも追いかける機会はもらえるのか……といろいろ不明ですが、できればもっと先までこのラブコメをお送りできたらいいなと作者的には思っています。

そして、この二巻は、前巻からあまり間を開けずに刊行できてホッとしています。

担当のみっひーさん。いろいろご配慮《はいりょ》とご調整をいただき本当に感謝しております。アニメ化作品もご担当されていてご多忙《たぼう》の中、本作のことも大切に考えてくださり、すごく嬉しかったです（『エルデンリング』はちゃんとプレイできたのでしょうか……？）。今度どこかで何か奢《おご》らせてください。でも焼肉については出版社のお金で食べたいのが作家というものです、たぶん。そこはどうぞ、よろしくお願いします。

一巻に引き続きイラストをご担当いただいた、さとうぽて先生。

二巻も素晴らしいイラストをありがとうございました。今回も遥《はるか》がとても魅力的でしたし、新キャラの真悠《まゆ》が本当に可愛くて悶《もだ》えました。あんなにも美少女な姉妹と生活ができて、叶多《かなた》は幸せ者ですね。

先生はVtuberとして作業ライブ配信をされておりますが、実は私も視聴させていただいております。配信中に頑張っている先生とお時間をご一緒すると非常に作業が捗《はかど》るので、何かを頑張りたい方にとてもお勧めです。また、本作の挿絵《さしえ》の制作を配信された動画もアーカイブにされているようなので、ぜひそちらもご覧になってみてください……本当にすごいので。

装丁《そうてい》は、一巻の時はタイミング的にあとがきに書けませんでしたが、AFTERGLOW様がご担当くださっております。他社様で続刊準備中の別作品『陰陽師学園』でもお世話になっており、気づいた時には驚きました。本作品でも素敵なデザインをありがとうございました。

GA文庫編集部様を始め、出版に携わってくださった皆様。

こうして二巻もお届けする機会をいただき、誠にありがとうございました。

また、一巻発売の際に、雑誌にご掲載くださったKADOKAWAダ・ヴィンチ編集部様。他社作品にもかかわらずTwitterでご紹介くださった角川スニーカー文庫編集部の初代担当様。応援にデビュー元の温かさを感じました。

過去から現在に亘《わた》りお仕事でご一緒させていただいた皆様も、拡散したり感想をくださったり非常にありがたかったです。この場をお借りして感謝を申し上げます。

そして、読者の皆様。

本作品は書き下ろしですので、原稿が最初からあるわけでもありません。

ここまで早く二巻をお届けできたのは、ひとえに一巻を応援してくださった読者の皆様のおかげです。本当にありがとうございました。たくさんの感想やレビューサイトの星が、久々にライトノベルに戻って来た身には染み入りました。刊行までは時間的にちょっと大変だったのですが、それでも頑張れたのは皆様のお声があったからです。お届けできた二巻、一巻よりもよかったと思ってくださる方が一人でも多いことを願います。

また、『リモート授業になったらクラス一の美少女と同居することになった』、読者の皆様のご感想から略称『リモクラ』になりました。正式なタイトルが長いので、SNSでご感想を投稿してくださる際には、ぜひ『#リモクラ』を使っていただけると嬉しいです。

それでは、皆さんの健康と幸せな日常を願って。

三萩《みはぎ》せんや

ファンレター、作品の
ご感想をお待ちしています

〈あて先〉

〒106－0032
東京都港区六本木2－4－5
SBクリエイティブ(株)
GA文庫編集部 気付

「三萩せんや先生」係
「さとうぽて先生」係

本書に関するご意見・ご感想は
右のQRコードよりお寄せください。

※アクセスの際や登録時に発生する通信費等はご負担ください。

https://ga.sbcr.jp/

リモート授業になったら
クラス1の美少女と同居することになった2

発　行　2022年7月31日　初版第一刷発行
著　者　三萩せんや
発行人　小川 淳

発行所　SBクリエイティブ株式会社
〒106－0032
東京都港区六本木2－4－5
電話　03－5549－1201
03－5549－1167（編集）

装　丁　AFTERGLOW

印刷・製本　中央精版印刷株式会社

ISBN978-4-8156-1215-3
Printed in Japan　GA文庫

第15回 GA文庫大賞
GA文庫では10代～20代のライトノベル読者に向けた
魅力あふれるエンターテインメント作品を募集します！
世界を書き換えろ！
イラスト／ファルまろ
大賞賞金300万円＋ガンガンGAにてコミカライズ確約！
◆募集内容◆
広義のエンターテインメント小説（ファンタジー、ラブコメ、学園など）で、日本語で書かれた
未発表のオリジナル作品を募集します。希望者全員に評価シートを送付します。
※入賞作は当社にて刊行いたします。詳しくは募集要項をご確認下さい。
応募の詳細はGA文庫公式ホームページにて
https://ga.sbcr.jp/